唐代文人疾病攷

唐代文人疾病攷

小髙修司著

知泉書館

まえがき

中国唐代の文人達の詩詞の中における医学関連用語を検証し、彼らの医学と養生に関する事跡を考察することを目的とした。

従来、中国医学の専門的見地から唐代文人達の疾病が分析研究されることは少なく、誤解も多々見られる。身心の背景因子の分析に基づき、疾病及び老化に関する考察を行い、死因についても論及した。

疾病の病因には、後天的なものとして気候などの外的要因（外因）、ストレスなどの精神的要因（内因）、性生活や飲食などのその他の要因（不内外因）があげられており、これに両親などから受ける先天的な生命力（先天の本）が影響する。これらの分析を通して各文人について論じた。

本書は初出一覧にあるように二〇〇三年から二〇一一年の間に発表したものである。

目　次

唐代文人疾病攷

一　白居易（楽天）疾病攷

中唐の代表詩人である白居易は詩作によれば多病であった。勿論これはあくまで公表を考えた作品によるもので事実の歴史考証ではないのだが、この点に関しては今までいくつかの論が為されているが[(1)(2)(3)]、中国医学の観点からすると意見を異にする部分がある。この問題を論ずることで中唐の疾病史の一端を語れれば望外の喜びである。

一　基礎的な事歴

先人の研究[(4)(5)(6)]をもとに白居易の時歴を通して体質を考えてみる。祖父は六八歳、父は六六歳、母は五七歳で亡くなっている。白居易は蒲柳の質であったと自述しているが、「先天の本」が不足していたとすれば、問題は母親にありそうである。

母は一五歳で詩人でもある父に嫁ぎ、一八歳で白居易を生んでいる。長兄は居易が四六歳の時死亡、三弟は居易が五五歳の時、つまり両者共に五〇歳前後で亡くなり、更に四弟は九歳で夭折している。兄弟の年齢から考えれば、一六、七歳で初産であろう。『医心方』巻二十一に『小品方』云うとして「今は、婦人が早婚なので、腎の根本がまだしっかりしないうちに子を産み、腎を損傷してしまう。それゆえ今の婦人が病むと、必ず難治となる」とある通りである。当時の生活環境、栄養状態からを考えれば、若年での出産や多産は、「心疾」で亡くなったと伝えられている母にとってかなりの負担であったと考えらる。心疾とは何か、中医学で云う「心」とは必ずしも心臓病のことのみを意味しない。心の病である可能性を否定できないが、謝思煒『白居易集綜論』には、不幸な結婚・九歳の子供を亡くしたこと・生活苦などによる、重い鬱病があったことが指摘されている。(7) 鬱病を発症する基礎体質として、心肝の氣血不足が考えられる。こういった氣・血・津液の不足状況が考えられるにもかかわらず、四人も出産したことは当然大きな負担であったろうし、本人の傷腎の結果として子供達が十分な先天の精氣（腎精）を与えられなかったことも考えられる。特に第四子の早逝はその感を強くする。

彼を一流の教養人に育て上げた最愛の母であり、しかも十分な孝行が出来なかったことを嘆く様は「慈烏その母を失い、啞啞と哀音を吐く。」（『白居易集』巻一慈烏夜啼(8)）に明らかである。

居易は父を二三歳の時亡くし、更に母を四〇歳で、しかもこの年は愛娘を続いて亡くしている。彼の生涯は二一歳の時に第四弟を亡くして以来、親族・友人と実に多くの死と関わっている。当然このことが自分の体弱と相まって、無常観を抱くに至ったこと、さらに母と娘を亡くしたときの作詞「四十にして未だ老を爲さざるも、憂に早衰を傷らるを悪む。前歳には二毛生じ、今年は一齒落つ。形骸日に損耗し、心事同じく蕭索たり。」（巻十自覺二首(9)）に見られるように、憂悲による肺の損傷（憂悲傷肺）を初めとする五臓六腑の傷害（つまり「七情内傷」）を引き起こしたことは十分考えられる。こうした先天の精氣不足の上に、更に飲酒と後述する仙薬（外丹）の習慣的服用、それに時代背景として政治抗争、戦争内乱、貧窮する庶民への慈愛の心とそれに伴う自己能力の限界に対する怒りなどが複雑に関わっている。悲哀のみならず、怒り、恐れ、悩み煩う、思い悩む、憂い、実に多用な感情の嵐に見舞われていたと想像でき、これは七情内傷を起こし、殆ど全ての臓腑に影響を与えていたと考えて良いであろう（図）。五臓六腑は相生相克の関係で相互に密接に関連しており、当然ながら種々の疾病を引き起こす可能性があったことになる。

彼の生涯は大きく三段階に分けられる(4)。

第一段階は生誕時より江州に貶謫された四四歳（元和一〇年）まで。進士に累した後自校書郎を手始めとして官吏への道を進み、希望に燃え「貞観の治」を理想として、積極的に政治改革の意見などを表示していた。元和一〇年正月、節度使の反乱をきっかけとして戦争が始まり、更に六月には宰相が暗殺され、これを機に居易は書奏したが、これが旧官僚の恨みを買い、讒言され流謫されることになる。このときの心痛は甚だしいものであった。この時の詩作は多いが、その翌年書かれたのが名作「琵琶行」（巻十二）(10)である。

第二段階は四五歳（元和一一年）より五七歳（大和二年）まで。この間、江州司馬、忠州刺史、中書舎人、杭州・蘇州刺史と刑部侍郎と歴任し地位も上がり、思想的にも激情が潜み、儒家の宿命論、懐疑的な心情のもとに、道教・仏教に多大の慰藉を求めるようになる。「即事詠懐、題於石上」(11)（巻七）等の作詞がある。この間も幾多の疾病、さらには落馬事故もあった。五五歳（宝暦二年）敬宗殺害事件に端を発する二李の党争に居易は大きな精神的苦痛を感じ、病と称して免官を願い出ることになる。

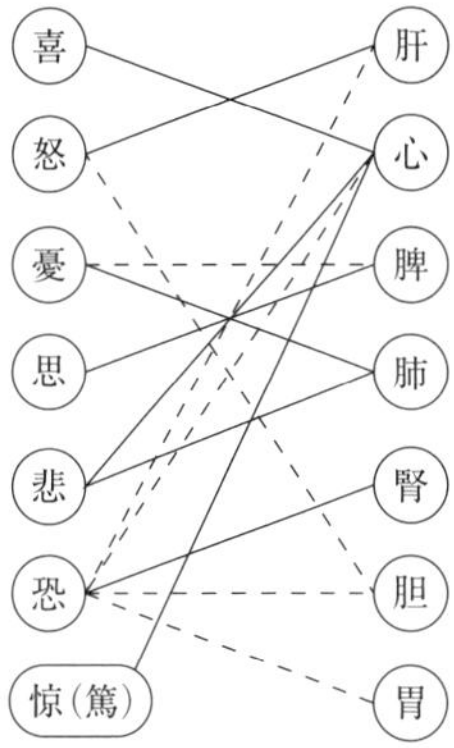

七情と臓腑の関係

第三段階は、七五歳（會昌六年）で死亡するまで。洛陽に帰り、晩年の十八年間は比較的閑官に過ごし、詩酒、琴書、礼仏、修道など常楽の精神を知足した。「若し樂天に病を憂うこと否からんか（と問えば）、樂天命を知ること了り憂い無し」（巻三十五枕上作）に見える「知足」の思想は、儒家の「達人知命」と道家の「知足不辱」を包涵する。三教の関わりについては次段で詳述する。

二　儒仏道三教の関わりについて

中唐の士太夫階級に属するものとして、白居易の基礎教養は儒教であるが、漢魏晋以降、儒仏道三教調合の傾向は一般的であり、彼もその影響下にあったといえる。

人生第一期には、社会改革に情熱を抱き、搾取されていた農民の疾苦に同情し、儒家の「百姓足、君孰不足。百姓不足、君孰與足。」という思想が影響した。儒家の基本思想である「仁恕」のもとに、彼らに最低の物質生活を保障したいと主張し、忠州、杭州、蘇州の刺史時代には生産向上の爲に水利事業を行い、税負担の軽減などに配慮した治世であった。任地より移動の際は、その都度、多くの人民が別れを惜しんだという。

進士に及第し洛陽に赴くとき凝公大師と結識したのが仏教と直接縁が出来た初めであろう[12]。そして三九歳、母と娘が病死したとき、「我浮屠の教えを聞き、中に解脱の門有り」（巻十自覺二首の二）と、仏教（浮屠教）に心を寄せている。上述したように四四歳、江州に貶謫される時、仏心は一層高まる。杭州刺史の時は仏教寺院が多い土地柄、積極的に名刹を訪問し談禅論道した。五八歳以降は疾病、友人達の死去のため仏事に関わることが多く、解脱を求め多額の喜捨も行った。詩作、嗜酒と共にこういった仏教による安心立命がなければ、居易の身心の破綻はもっと早くに訪れていたであろう。

ただ津田が指摘しているように、居易の仏教思想は同時代の詩人達と同じく、生死を大事とし生死を解脱すべきと説く仏教思想ではなく、死生を斉しく見るのも、共に忘れるのも、解脱を求めることではなく、生を空としてそれに執着しないという考えから来ている。前記した「自覺二首」の二（巻十）の後半部分に明らかである。実はこの考えは『莊子』などに説かれている道家のそれである。仏教を道家の目で見ているのである。道家の語によって仏教の思想を説くことは両晋時代からであるが、その両者の様々な結びつきの影響下にあるといえよう。「逍遙詠」（巻十一）[13]の逍遙の語が『莊子』から来たものであるのは明らかであり、また「題贈定光上人」（巻九）[14]には『莊子』の言葉が使われている。官禄名利の世界を離れ、仏教を隠逸思想に結びつけると共に、道家的老荘的な人生観と死生観によって仏教を見ることになったと云える。[15]

さて次に健康問題の観点から道教との関係を考える。唐の王朝が李姓であったことから、同姓の老聃（老子）を太上玄元皇帝と崇めたため、唐代に道教は大いに発展し、読書人にとって『老子道徳経』『莊子』は基礎教養であった。「仲夏齋戒月」（巻八）[16]にも明瞭に出ているが、道教の重要教義の「齋戒」以上に彼の興味を引いたのは服食と外丹による不老長生である。「不二門」（巻十一）[17]に「兩眼日に將に暗く、四肢漸く衰痩す。……亦た曾って大藥を燒き、乖火候を消息す。至りて今も殘りし丹砂を、燒干するも成就せず。」の「燒干丹砂」（「燒丹」）を初めとして、「五石散」などの鉱物薬の服用は、遠く秦漢代より始まり当時も依然として流行していた。居易自身はその効果に疑問を持ちながらも、病身であっただけに藁をも縋る想いがあったのであろうか。「海漫漫」（巻三）[18]の「山上　多く不死の藥を生じ、之を服すれば羽化して天仙と爲る。」にも明らかである。

「燒丹」についてもう少し考えよう。丹とは丹砂（HgS）であり、焼くことにより水銀に変わる。このことは『抱朴子』の「丹砂之を燒きて水銀と成り、積變して又丹砂に還成する。是也。」の記述のように、赤い固体の朱砂から液体の白い水銀に相互変化するということから、変化と回帰という性質に基づいて身体の若返りが可能になると考えるのである。[19]

森立之復元の『神農本草経』の記述は、丹砂は「精神を養い、魂魄を安んじ、氣を益し目を明らかにし、魅邪悪鬼を殺精し、久服すれば神明に通じ、老いず、能く化して汞と爲る。」、また水銀は「金銀銅錫の毒を殺し、鎔化して復た丹に還ると爲す。久服すれば神仙不死である。」とある。各生薬の記述末尾部分の詳細に関しては、森立之『本草経攷注』[20]を註記する。

「焼丹」を試み失敗した記述はよく見られるが、結果としてそれは水銀中毒を回避したことになり良かったのである。しかしそれ以外の道教関連の薬物は服用していたようである。例えば若年の頃の詩に見られる「紅消散」「碧雲英」など。前者は『洞天奥旨』に見られ、癰を治す爲のものである。後者は不明であるが、碧英とは道教内煉名詞で津液のことを云う。また居易は病弱なぶん種々の薬物の使用が見られ、地黄粥などの薬膳的用法も試みていたようである。医薬関連を始め、外丹、採薬などに関しては道士の影響が大きかったであろう。特に雲母の服用は続いていたふしが伺われる。六三歳の時の「暁に雲英を服す」（巻三十一早服雲母散）[21]や七一歳の時の「雲液六腑に洒みる」（巻三十六對酒閑吟、贈同老者）[22]、また年齢は不明だが、「朝に雲母散を餐し、夜に瀣精を吸沆す。」（巻一夢仙）[23]や「一匙の雲母粉」（巻七宿簡寂觀）[24]の記述が見られる。

雲母の薬効を『神農本草経』には「中風寒熱、車船上に在るが如きを治し、邪氣を除き、子精を益し、目を明らかにし、久服すれば身は輕く、延年す。」とある。『本草経攷注』の詳細を註記する。[25]後述するように、眼疾患や風痹に伴う眩暈などに悩んでいた居易にとって、雲母の薬効は魅力的であったのだろう。

『神農本草経集注』を編纂したことで知られる陶弘景は道家でもあり、彼が著したとされる『眞誥』を居易が読んでいたと思われる詩「歯を叩き晨興き秋院静か、香を焚き宴坐し晩窗深し。七篇の眞誥仙事を論じ、一巻の壇経佛心を説く。」（巻二十三味道）に見られる「叩歯」も明らかに道法である。仏教と道教を同じように扱うことは、両者に対等の価値を見出していることであろう。

このように薬物の服用という面に限らず、精神的にも儒仏道三教が居易の意識下に包涵され、儒家の「天命」、道家の「逍遙遊」、佛家の「四大皆空」により安慰の氣持ちを抱いていたのであろう。このことは彼が病弱にも拘わらず比較的に長生できた最大の理由である。(26) 金谷は居易の人生指向を「人生の實事はこれ歓娯」（巻六十六老父）などを引き、現実生活を快適にすること、名利を求めることの余りの激しさといった、老年まで衰えなかった激しい歓楽追求に置き、これが閑適の境を慕わせることになったと共に、儒仏道三教の思想もそれぞれの立場からこの一貫した欲求に役立てられたものと云う。そして多数の詩作を爲した源泉もこの歓楽の追求と関連づけ、更に年寿や健康への配慮も繊細な感じやすい詩人の心を示すもので、純粋なまごころで真実の生き方を求める人であったと見なす。

三　疾病について

白居易の疾病史は初期の詩作に「久しく労生事を爲し、攝生道を学ばず。年少已に多病、此身豈老に堪えん。」（巻十三病中作）と記されている。この詩には自注が付き「時年十八」とあり、年少期より体弱多病であったことが解る。既に記したように二一歳で弟を、二三歳で父を失っており、「二十已来、昼に賦を課し、夜に書を課し、同じくまた詩を課し、寝息の遑あらず。以て口舌に瘡を成し、手肘に胝を成すに至る。既に壮となり膚革に盈豊ならず、未だ老ならざるに歯髪早くも衰ろえ白し。」（巻四十五與元九書）とある。

上述したように、多分母親から先天の腎精を十分に得られなかったことが、蒲柳の質であった大きな理由と考えられ、また親族・友人など多くの死との関わり、職務上の悩みなどによる七情内傷も大きな影響をしていたであろう。更に飲酒と生活環境の悪さ（寒さ、多濕、清貧）は病状の悪化に作用したため、居易自身も「新たに藥草を合和し、舊方書を尋檢す。」（巻八病中逢秋、招客夜酌）[27]と医書を読み対応していたようである。では個々の疾病について考えてみよう。

(1) 眼　疾

眼症状の記述は第一期の終盤、四〇代前半の時の詩「眼を病みて昏きこと夜に似たり」（巻六答卜者）[28]や「書魔兩眼を昏くす」（巻九白髮）[29]に見られ、さらに興味深いのは四三歳の時に友人から来た見舞いの手紙に対する返事に「黄連を點盡するも尚未だ平かならず。」（巻十四得銭舍人書問眼疾）[30]とある。この点眼薬として用いた黄連は火熱を清する薬である。つまり眼症状の原因は炎症にあると考えていたことになる。この炎症がいかなる原因によるものかを検討すると、「眼痛燈を滅し猶闇に坐す」（巻十五舟中讀元九詩）とか、四月に進士考試に絡む事件をきっかけとして「両李党争」が起こり遷延した時期である五十歳の時の「黒花眼に滿つ」（巻十九自問）や、五五歳の時の詩「空中に散亂す千片の雪、朦朧として物上に一重の紗……醫は風眩にして肝家に在りと言う。」（巻二十四有眼病二首の第一首）、更に「眼の藏損傷來りて已に久し、病根牢固にして去應し難し。醫師盡きて先ず停酒を勧める。……合中に決明丸を虚撚するも、人間の方藥應じて益無し。」（同、第二首）というより詳細な記述が有る。

以上をまとめると、眼痛があり、多数の雪が舞うように眼花が有り、紗がかかったように霞み、医師は肝を主病因とする「風眩」であると言い、禁酒を勧告し、決明丸を飲めと言う。今井は眼科医萱沼の近視と眼精疲労説(1)を引用するが、如何なものであろうか。中医学的にはこれは氣鬱を背景とする「肝火上炎」であり、『素問』陰陽應象大論篇の「肝は目を主る」ことからも、肝火はもろに目に影響する。金代の著明な医家の一人劉河間は「目昏きて黒花を見るは、熱氣甚しきに由りて之を目に發す」と説き、また倪仲賢は「怒甚しく肝を傷れば、……其病眵泪無く痛痒羞明し、緊渋之證、初めは但だ昏く雰露中を行くが如く、漸く空中に黒花有り。」と云う。このように見れば、白居易の眼症状はおおむね「肝火」で説明が出来る。ちなみに詩中に云う、医師が診断した「風眩」とは風熱眩暈のことで此処では妥当しない。風熱眼痛（或いは風火眼痛）のことであれば、治法に黄連水を点眼することも古来行われており問題ない。「風眼」の誤記であろう。

しかし単なる氣鬱による肝火と見なすのではなく、宋代の名医許叔微が言うように素問に曰く、久視すれば血を傷り、血は肝が主る。故に勤書して則ち肝を傷れば、目昏を主り、肝傷れれば則ち自から風熱を生じ、氣は上騰し目昏に到る。亦た補薬を専服するは可ならず、但益血鎮肝明目薬を服すれば自癒す。

居易の体力を考えると、清肝火のみでなく補血にも配慮する許叔微の考えが妥当であるといえよう。つまり居易の眼症状は根本に全身的な氣血不足があり、それゆえ心肝の氣血も不足し、一層情緒的に不安定となり肝氣鬱結し、鬱久化火で火を生み、眼痛、眼花、目昏、霧視などの症状を発現したと考えられる。

なお眼症状は五九歳に眼花の記述を認め、以後見られないようである。老境に入り情緒的に安定し、座禅などによる精神の安寧が肝鬱を減らし、眼症状を緩解させたのかもしれない。

（2）風痹について

初めて「風痹」の疾病を得たのは六八歳の時である。「冬十月甲寅の旦、始めて風痹の疾を得る」（巻三十五病中詩十五首並序の序[31]）と記す。痹証とは神経痛、リューマチ、痛風などの疼痛疾患を云う。ここで「旦」つまり朝に症状が顕れたと云うことは、時間治療学の考えからすると、病因は風邪、氣滞、熱邪などの陽邪であらねばならない[32]。従って中医学の理論は後述するが、痹証の基本病因は風・寒・濕邪であるので、朝方に発症した居易の痹証の病因では「風邪」が直接的な発症誘因であり、背景因子として「寒・濕邪」の存在が考えられる。

そして続く第一詩（巻三十五初病風）には「肘痹は生柳に宜しく、頭旋劇しく轉蓬す。」続く第二詩には「風疾侵凌し老頭に臨み、血凝筋滞し柔調わず。……腹空き先ず松花酒を進む、膝冷え桂布裘を重装す。」（枕上作）とある。「松花」の作用は「心肺を潤し、氣を益し、風を除き止血する」また「血を養い熄風する」「風濕を除く」などと諸医書に記載がある。松花酒は『元和紀用経』に初載で「風眩頭旋腫痹、皮膚頑急を治す」と記されている。「桂」は温陽作用のある桂皮を革袋に入れ膝に当てたものであろう。

また翌六五歳三月に漸く小康を得た時の詩には「風痹宜く和緩す、春來りて脚校（較）べて軽し。」（巻三十五春暖）とあるが、温暖の氣候で緩解したと云うことは、病因に寒邪が関わっていることを示唆する。ちなみに「中風痹之疾」（巻七十一畫西方幀記）とあるのは、もちろん中風の病ではなく、「風痹の疾に中《あた》る」である。では「風痹」とは何か、今井[1]は「中風」と解釈しているがどうであろうか。中医学の基礎古典である『黄帝内経』を見よう。『素問』痹論篇第四十三に「黄帝問曰く、痹の安んぞ生ずるや。岐伯對えて曰く、風寒濕三氣雜して至り、合して痹と爲る也。其の風氣勝れば、行痹と爲し、寒氣勝れば、痛痹と爲し、濕氣勝れば、著痹と爲す也。」とある。このようにまず「痹」とは、風寒濕等の邪氣を感受することが前提にある。更にそれにより臟腑経絡氣血が痹阻して通じなくなり、肢体関節に疼痛酸楚、麻痹沈渋などの機能障害を引き起こし、氣機の昇降出入が阻滞して不暢となった状態を表す病証であると定義されている。

濕邪により症状が顕れると云うことは、体内に内濕があることが条件である。居易の場合その原因は飲酒と喫茶であり、「江南卑濕地に配向す」（「縛戎人」）、「露濕綠蕪地」（「酬張太祝晩秋臥病見寄」）、「湓江に近く地低濕に住む」（「琵琶行並序」）と表現されるように、江州、杭州、蘇州などの任地の濕度が高かったことも関与して居るであろう。

寒邪により悪化することは、裏寒（陽虚）状態があり而も寒邪が存在していることが原因である。いずれも問題となる基礎の病理は腎陽虚である。先天の本が少なく、幼少年期より多病であったことは、当然肺や脾胃といった後天の本のバックアップも少ないことが示唆される。結果として肺氣虚・陽虚、脾氣虚・陽虚があり、結局命門の火へのエネルギー補給が不十分となり、腎陽虚のみならず、腎精不足に至っていたであろう。

「風痹」とは、『霊枢』壽夭剛柔第六に「病陽に在るは、命じて風と曰い、病陰に在るは命じて痹と曰い、陰陽倶に病むは、命じて風痹と曰う。」、更に『霊枢』厥病第二十四に「風痹は淫濼の病。已む可からざるは、足は冰を履むが如く、時には湯中に入る如く、股脛淫濼し、煩心、頭痛、時に嘔、時に悗、眩已みて汗出で、久しければ則ち目眩し、悲以て喜く恐れ、短氣して樂しまず、三年を出ずして死す也。」とある。この記述は「病中詩十五首並序」の序に記されている症状に近似していることが解る。「不出三年死也」と書かれているのに、彼がこの疾病に罹患後も七五歳まで、ほぼ七年の余命を得たのは、まさにこの条文と反対の「悲しみを忘れ、喜《よ》く恐れず、氣を詰めず楽しんだ」からであろう。

『霊枢』本藏第四十七には「寒温和せば則ち六府穀を化し、風痹作さず。經脉通利し、肢節安を得る。[33]」とある。

（3） 肺疾患

四六、七歳の時、初めて肺を病み詩う「肺病みて酒飲まず」（巻七閑居）[34]、五三歳の時「氣嗽寒に因りて發し、風痰雨を欲して生ず。……唯陰晴を卜して解せん。」（巻二十三病中書事）。この「寒邪により欬嗽が起こり、風痰は雨ふらんとして生じ、晴れると良くなる。」ということは基礎に肺陽虚があり、それに寒濕痰が絡んでいることが示唆される。「風痹」の項での推測が当たっていることが解る。

ところで何故肺疾患を引き起こしたのであろうか、始めに触れたように、母や娘などの死による悲しみが「憂悲傷肺」し、肺を損傷したことは当然考えられる。さらに興味深い詩がある。同じく五一歳頃の詩に「老いて歯去り衰え橘の醋を嫌う、病は肺に來りて渇き茶香を覚ゆ。」（巻二十東院）とあるが、橘の酸味を嫌うということは、酸と関連する臓器は肝であるから、肝強状態であることを意味する。肝強＝木強により、木火刑金となり、金＝肺を剋する。肝火により肺にも火が生まれ、肺疾患を来すのみならず、結果として口渇となる。肝強の理由はイライラであろうから、ここでもストレスが引き金になって肺疾患を引き起こしていたことが解る。

（4） 老化について

居易三五歳の時の詩に「白髪一莖生ず」（巻九初見白髪）[35]とある。白髪の原因は必ずしも腎虚に限らず、血虚や痰濕の停滞なども考えられる。上記したように彼の場合先天の本である腎精を十分に得られなかった可能性があり、さらに肺や脾胃といった後天のバックアップも不十分であったとすれば、当然血虚にもなっていたであろう。そして生活環境や食生活の関係から、体内に濕邪痰飲を溜めこんでいたことも考えられる。

結局白髪の原因は種々考えられるが、いずれにしろ先天の腎精が不足しており、後天のバックアップが少なければ、白髪に限らず全身の老化が早く進むことは自明である。更に心肝の氣血不足状態が有ることで、種々のストレスに対する過剰な反応が容易に起きる。引き起こされた氣鬱は全身の氣の流れの障害となり、当然氣のみならず血・津液全てに影響が及び、いわゆる瘀血や痰飲と呼ばれる病理状態を起こす。これが五臓六腑の正常な機能を阻害することも当然であり、種々の疾病を起こす。老化と密接な関連を有する腎の働きも低下させる悪循環が形成されることになる。『素問』上古天眞論篇第一に、

丈夫八歳にして、腎氣實し、髮長く齒更まる。……・五八にして腎氣衰へ、髮墮ち齒槁れる。……六八にして陽氣上に衰竭し、面焦れ、髮鬢頒白たり。七八にして肝氣衰へ、筋動く能わず、天癸竭き、精少なく、腎藏衰へ、形體皆極まれり。八八にして則ち齒髮去り、腎は水を主り、五藏六府の精を受けて之を藏す。故に五藏盛んにして乃ち能く寫す。今五藏皆衰へ、筋骨解墮し、天癸盡きたり。故に髮鬢白く、身體重く、行歩正しからずして子無きのみ。

と、老化に関する中医学の基本的考えは明らかである。

まとめ

（1）白居易の詩作を通して、病弱多病を中医学的に分析した。
（2）先天の腎精不足が考えられ、それは母親に起因するかと思われた。

（3）風寒濕邪といった外因の影響が見られた。
（4）政争、戦乱、行政官として人民の貧苦への心痛、親族・友人の多数の死去などによる七情内傷が大きかった。
（5）飲酒や喫茶習慣が濕邪内蘊を引き起こし疾病関与に関わった。
（6）仙薬に興味を持ち焼丹なども試みたが、実際年余に亘り服用したものに雲母がある。鉱物薬ではあるが、重金属でなかったぶん副作用は少なかったかと思われる。
（7）儒仏道三教による安寧が疾苦の軽減に寄与した。
（8）眼病は肝火や血虚が主因である。
（9）風痹の誘因は風邪であり、寒濕邪を内在したことが病因である。
（10）肺疾患は木火刑金の結果であり、ストレスが主病因である。
（11）白髪、歯脱などの速やかな老化は、先天不足に後天不足が絡んだ結果である。

註

（1）今井清「白楽天の健康状態」『東方学報』三六巻、三八九―四二二頁、京都大学人文科学研究所、一九六四年。
（2）鎌田出「唐詩人の疾病観――白居易を中心として」『都留文科大学研究紀要』三六巻、一〇八―一二九頁、一九九二年。
（3）松木きか「〝長恨歌〟と白楽天」『内経』九四巻、二―六頁、一九九六年。
（4）王拾遺著『白居易研究』三―九八頁、上海文芸連合出版社、一九五四年。
（5）王拾遺編著『白居易生活系年』三―三三四頁、寧夏人民出版社、一九八一年（銀川）。
（6）花房英樹『白居易研究』二―一六一頁、世界思想社、一九七一年。

（7）下定雅弘「白居易研究の課題を考える——謝思煒『白居易集綜論』に即して」『白居易研究年報』創刊号、一七七—二一五頁、二〇〇〇年。

（8）『白居易集』巻一　慈烏夜啼

慈烏失其母、啞啞吐哀音。晝夜不飛去、經年守故林。夜夜夜半啼、聞者爲沾襟。
聲中如告訴、未盡反哺心。百鳥豈無母、爾獨哀怨深。應是母慈重、使爾悲不任。
昔有呉起者、母歿喪不臨。嗟哉斯徒輩、其心不如禽。慈烏複慈烏、鳥中之曾參。

（9）巻十　自覺二首

四十未為老、憂傷早衰惡。前歳二毛生、今年一齒落。形骸日損耗、心事同蕭索。
夜寝與朝餐、其間味亦薄。同歳崔舍人、容光方灼灼。始知年與貌、衰盛隨憂樂。
畏老老轉迫、憂病病彌縛。不畏複不憂、是除老病藥。

朝哭心所愛、暮哭心所親。親愛零落盡、安用身獨存。幾許平生歡、無限骨肉恩。
結為腸間痛、聚作鼻頭辛。悲來四支緩、泣盡雙眸昏。所以年四十、心如七十人。
我聞浮屠教、中有解脱門。置心為止水、視身如浮雲。抖擻垢穢衣、度脱生死輪。
胡為戀此苦、不去猶逡巡。回念發弘願、願此見在身。但受過去報、不結將來因。
誓以智慧水、永洗煩惱塵。不將恩愛子、更種憂悲根。

（10）「琵琶行」（『白居易集』巻十二）の序

元和十年、予左遷九江郡司馬。明年秋、送客湓浦口、聞舟船中夜彈琵琶者。聽其音、錚錚然有京都聲。問其人、本長安倡女、嘗學琵琶於穆、曹二善才、年長色衰、委身為賈人婦。遂命酒、使快彈數曲。曲罷、憫默。自敘少小時歡樂事、今漂淪憔悴、轉徙於江湖間。予出官二年、恬然自安、感斯人言、是夕始覺有遷謫意。因為長句、歌以贈之、凡六百一十二言、命曰『琵琶行』。

そして詩の一部

同是天涯淪落人、相逢何必曾相識。我從去年辭帝京、謫居臥病潯陽城。

潯陽地僻無音樂、終歳不聞絲竹聲。住近湓江地低濕、黄蘆苦竹繞宅生。
其間旦暮聞何物、杜鵑啼血猿哀鳴。春江花朝秋月夜、往往取酒還獨傾。
豈無山歌與村笛、嘔啞嘲哳難爲聽。今夜聞君琵琶語、如聽仙樂耳暫明。
莫辭更坐彈一曲、爲君翻作琵琶行。感我此言良久立、卻坐促弦弦轉急。
凄凄不似向前聲、滿座重聞皆掩泣。座中泣下誰最多、江州司馬青衫濕。

(11) 即事詠懷、題於石上（巻七）

香爐峰北面、遺愛寺西偏。白石何鑿鑿、清流亦潺潺。有松數十株、有竹千余竿。
松張翠傘蓋、竹倚青瑯玕。其下無人居、惜哉多歳年。有時聚猿鳥、終日空風煙。
時有、冥子、姓白字樂天。平生無所好、見此心依然。如獲終老地、忽乎不知遠。
架岩結茅宇、斫壑開茶園。何以洗我耳、屋頭落飛泉。何以淨我眼、砌下生白蓮。
左手攜一壺、右手挈五弦。傲然意自足、箕踞於其間。興酣仰天歌、歌中聊寄言。
言我本野夫、誤爲世網牽。時來昔捧日、老去今歸山。倦鳥得茂樹、涸魚返清源。
舍此欲焉往、人間多險艱。

(12) 巻十　自覺二首の二

朝哭心所愛、暮哭心所親。親愛零落盡、安用身獨存。幾許平生歡、無限骨肉恩。
結爲腸間痛、聚作鼻頭辛。悲來四支緩、泣盡雙眸昏。所以年四十、心如七十人。
我聞浮屠教、中有解脱門。置心爲止水、視身如浮雲。抖擻垢穢衣、度脱生死輪。
胡爲戀此苦、不去猶逡巡。回念發弘願、願此見在身。但受過去報、不結將來因。
誓以智慧水、永洗煩惱塵。不將恩愛子、更種憂悲根。

(13) 「逍遙詠」（巻十一）

亦莫戀此身、亦莫厭此身。此身何足戀、萬劫煩惱根。
此身何足厭、一聚、空塵。無戀亦無厭、始是逍遙人。

(14) 「題贈定光上人」（巻九）

二十身出家、四十心離塵。得徑入大道、乗此不退輪。一坐十五年、林下秋複春。
春花與秋氣、不感無情人。我來如有悟、潛以心照身。誤落聞見中、憂喜傷形神。
安得遺耳目、冥然反天真。

(15) 津田左右吉「唐詩にあらはれている佛教と道教」『シナ佛教の研究』四三五―四七九頁、岩波書店、一九五七年。

(16)「仲夏齋戒月」（巻八）

仲夏齋戒月、三旬斷腥羶。自覺心骨爽、行起身翩翩。始知絶粒人、四體更輕便。
初能脱病患、久必成神仙。御寇馭泠風、赤松游紫煙。常疑此説謬、今乃知其然。
我年過半百、氣衰神不全。已垂兩鬢絲、難補三丹田。但減葷血味、稍結清淨縁。
脱巾且修養、聊以終天年。

(17)「不二門」（巻十一）

兩眼日將暗、四肢漸衰瘦。束帶剩昔圍、穿衣妨寛袖。流年似江水、奔注無昏晝。
誌氣與形骸、安得長依舊。亦曾登玉陛、舉措多紕繆。至今金闕籍、名姓獨遺漏。
亦曾燒大藥、消息乖火候。至今殘丹砂、燒干不成就。行藏事兩失、憂惱心交斗。
化作憔悴翁、抛身在荒陋。坐看老病逼、須得醫王救。唯有不二門、其間無夭壽。

(18)「海漫漫」（巻三）

海漫漫、
直下無底旁無邊。雲濤煙浪最深處、人傳中有三神山。山上多生不死藥、
服之羽化爲天仙。秦皇漢武信此語、方士年年采藥去。蓬萊る今古但聞名、
煙水茫茫無覓處。海漫漫、風浩浩、眼穿不見蓬萊島。不見蓬萊不敢歸、
童男髫女舟中老。徐福文成多誑誕、上元太一虚祈禱。君看驪山頂上茂陵頭、
畢竟悲風吹蔓草。何況玄元聖祖五千言、不言藥、不言仙、不言白日升青天。

(19) 坂出祥伸「隋唐時代における服丹と内観と内丹」『中国古代養生思想の総合的研究』五六六―五九九頁、平河出版社、一九八八年。

(20) 森立之著、郭秀梅・岡田研吉・加藤久幸校点『本草経攷注』(上) 七二―八一頁、学苑出版社、二〇〇二年(北京)

丹砂:久服通神明、

青霞子云「丹砂、自然不死、若以氣衰、血散、體竭、骨枯、八石之功、稍能添益。若長生久視、保命安神、須餌丹砂、且八石見火、悉成灰燼。丹砂伏火、化爲黃銀、能重能輕、能神能靈、能黑能白、能暗能明。一斛人擎、力難舁擧、萬斤遇火、輕速上騰、鬼神尋求、莫知所在。」

立之案 白青、乾薑條並云「久服通神明。」『呉氏本草』云 空青久服、有神仙玉女來侍。『御覽』引「蓋是久服通神明之謂也。」『弘決外典抄』云「書云 篦竹未翦、則鳳音不彰:情性未練、則神明不發。」所謂練情性者、謂精神自養、魂魄自安也。精神魂魄自爲安養、而後神明之妙理始可通耳。『孝經』云「孝悌之至、通於神明、光於四海、無所不通。」又『右契』云「內藏不足爲神、外傭觀不足爲明、惟孝者爲能法天之神、麗日之明。」神明之義、以此爲長也。『扁鵲傳』云「長桑君乃出其懷中藥予扁鵲、飮是以上池之水、三十日當知物矣。扁鵲以其言飮藥三十日、視見垣一方人、以此視病、盡見五藏癥結。」所云知物、視見垣外人、視見五藏癥結、並謂通神明也。

不老、

孫星衍云「按金石之藥、古人云久服輕延年者、謂當避、絶人道、或服數十年乃效耳。今人和肉食服之、遂多相反、轉以成疾、不可疑古書之虛誕。」

能化爲汞、

『傭物志』曰「燒丹朱成水銀、則不類物同類異用者。」

立之案 水銀下云 鎔化還爲丹」、與此互文見義。

『抱朴子』曰「丹砂燒之成水銀、積變又還成丹砂是也。」

又案 『說文』「澒、丹砂所化爲水銀也。」高誘注『淮南』云 白澒、水銀也。」『廣雅』「水銀謂之汞。『太平御覽』及『嘉祐補注本草』、『本草圖經』引『廣雅』並「汞」作「澒」。王念孫據改作「澒」。」澒、汞古今字也、據此、丹砂、水銀子母一體耳。執匕之際、或代用銀朱亦可。但天造者爲丹砂、人造者爲銀朱、自有精粗上下之分、猶石綠與銅綠之異耳。

水銀:鎔化還復爲丹。

陶云「還復爲丹、事出『仙經』。」徐靈胎曰「水銀出於丹砂中者爲多、故亦可、成丹石。金精得火變化不測、鉛汞皆如此。」

立之案　丹砂下云「能化爲汞」、此云「還復爲丹」、文義互見、然則或用銀朱亦可。

久服神仙不死、

『藥性論』云「此還丹之元母、神仙不死之藥。」陶云「酒和日暴、服之長生也。」

徐靈胎云「丹家爐鼎之術、以水銀與鉛爲龍虎、合練成丹。服之則能長生久視、飛昇羽化。自『參同契』以後、其説紛紛、高名之士爲所誤者不一而足。夫水銀乃五金之精、而未成全體者也。凡金無不畏火、惟水銀則百、如故。以其未成金質、中含水精、故火不得而傷之。其能點化爲黄白者、亦因藥物所、變其外貌、非能眞作金銀也。今乃以其質之不朽、欲借其氣以固形體、眞屬支離。蓋人於萬物、本爲異體、借物之氣以攻六邪、理之所有;借物之質以永性命、理之所無。術士好作聰明、談天談易似屬可聽、實則伏羲畫卦、列聖繫辭、何嘗有長生二字、此乃假託大言、以愚小智。其人已死、詭云尚在。試其術者、破家喪身。未死則不悟、既死則又不知。歷世以來昧者接踵、總由畏死貪生之念迫於中、而反以自速其死耳。悲夫。」

(21)　卷三十一　早服雲母散

曉服雲英嗽并華、寥然身若在烟霞。藥銷日晏三匙飯、酒渇春深一椀茶。

(22)　卷三十六　對酒閑吟、贈同老者

雲液洒六腑、陽和生四肢。於中我自藥、此外吾不知。

(23)　卷一　夢仙

帝言汝仙才、努力勿自輕。卻後十五年、期汝不死庭。再拜受斯言、既寤喜且驚。秘之不敢泄、誓誌居岩。恩愛舍骨肉、飲食斷羶腥。朝餐雲母散、夜吸沆、精。

(24)　卷七　宿簡寂觀

名利心既忘、市朝夢亦盡。暫來尚如此、況乃終身隱。何以療夜饑、一匙雲母粉。

(25)　『本草経攷注』「雲母」の項

『抱朴子』云「服雲母十年、雲氣常覆其上、服其母以致其子、理自然也。」

中風寒熱、如在車船上。

岡邨尚謙云「如在車船上、言目眩也。」

立之案　如在車船上者、言風熱上泛、心氣不定、全身不鎭著也。目眩亦其一端也。

除邪氣

『千金翼』「治熱風汗出、心悶、水和雲母服之、不過、再服、立愈。」

安五藏

立之案「安五藏」者、言安鎭五藏之氣、乃鎭心之義。前文所謂如在車船上者、即五藏不安之證也。『抱朴子』有服五雲之法、亦取五色以安五藏之義。

益子精

立之案　子精者、腎家所畜之精、所以成子、故曰子精。益男子所得而施化者是也。『千金』治婦人絶産秦椒丸條云「盪滌府藏、使玉門受子精。」可以證也。「『藥性論』云「補腎冷。」

明目

益子精、壯腎源、所以有明目之功。

久服輕身延年

『抱朴子』云「他物埋之即朽、著火即焦、而五雲内猛火中、經時終不焦、埋之永不腐、故能令人長生也。」

(26) 金谷治「白楽天の精神」『金谷治中国思想論集』(上巻)、六〇七―六一七頁、平河出版社、一九九七年。

(27) 巻八　中逢秋、招客夜酌

不見詩酒客、臥來半月余。合和新藥草、尋檢舊方書。晩霽煙景度、早涼窗戸虚。雪生衰鬢久、秋入病心初。臥簟蘄竹冷、風襟杏邛葛疏。夜來身校健、小飲複何如、

(28) 巻六　答卜者

病眼昏似夜、衰鬢颯如秋。除卻須衣食、平生百事休。知君善易者、問我決疑不。不卜非他故、人間無所求。

(29) 巻九　白髪

白髪知時節、暗與我有期。今朝日陽裡、梳落數莖絲。家人不慣見、憫默爲我悲。我雲何足怪、此意爾不知。凡人年三十、外壯中已衰。但思寢食味、已減二十時。況我今四十、本來形貌羸。書魔昏兩眼、酒病、四肢。親愛日零落、在者仍別離。

身心久如此、白發生已遲。由來生老死、三病長相隨。除卻念無生、人間無藥治。

(30) 巻十四　得銭舎人書問眼疾

春來眼闇少心情、點盡黄連尚未平。唯得君書勝得藥、開緘未讀眼先明

(31) 巻三十五　病中詩十五首並序の序

六十有八。冬十月甲寅旦、始得風痺之疾、體迴目眩、左足不支、蓋老病相乘時而至至耳。……外形骸而内忘憂恚、先禅観而後順醫治。

ちなみに「迴、病也。」と『玉篇』にある。

(32) 小髙修司（シリーズ中医時間治療学1）、「中国医学による診断治療への応用」『漢方の臨床』四八巻、一〇八九―一〇九四頁、二〇〇一年。

(33) 『霊枢』本藏第四十七

黄帝問于岐伯曰。人之血氣精神者。所以奉生而周于性命者也。經脉者。所以行血氣。而營陰陽。濡筋骨。利關節者也。衞氣者。所以温分肉。充皮膚。肥腠理。司開闔者也。志意者。所以御精神。收魂魄。適寒温。和喜怒者也。是故血和。則經脉流行。營覆陰陽。筋骨勁強。關節清利矣。衞氣和。則分肉解利。皮膚調柔。腠理緻密矣。志意和。則精神專直。魂魄不散。悔怒不起。五藏不受邪矣。寒温和。則六府化穀。風痺不作。經脉通利。肢節得安矣。此人之常平也。

(34) 巻七　閑居

肺病不飲酒、眼昏不讀書。端然無所作、身意閑有余。
雞棲籬落晚、雪映林木疏。幽獨已雲極、何必山中居。

(35) 巻九　初見白髪

白髪生一莖、朝來明鏡裡。勿言一莖少、滿頭從此始。
青山方遠別、黄綬初從仕。未料容鬢間、蹉跎忽如此。

＊『白居易集』は中国古典文学基本叢書の全四冊本、顧學頡校點、中華書局出版、一九七九年刊を用いた。

二　白居易「風痺」攷

第一章にて白居易の病状について論じた[1]。『白居易集』顧学頡校点、中国古典文学叢書、中華書局版、第三冊巻第三十五に見られる、「病中詩十五首并序の序」に

六十有八。冬十月甲寅の旦《あさ》、始めて風痹の疾を得る。體瘝（＝病）み目眩み、左足は支えられず、蓋し老いと病いは相い乗じ時に至るのみ。……外形は骸なるも内は憂恚を忘れ、先ず禅観して後に醫治に順う。

とある。ここで問題とすべき「風痺」については、前章では記述が簡単に過ぎ、推敲も不十分であったので、ここに再考することとする。

前回の論考に用いたのは、現伝の医書としては最古で最もまとまりのある『黄帝内経』であった。今回は新たに、隋代の病因病理観を記述した『諸病源候論』（巣元方、六一〇年、宮内庁書陵部所蔵、宋版）、唐代の集学的医書である『外台秘要方』（王燾、七五三年頃、静嘉堂文庫所蔵、宋版）、更に国宝で、宋代の更改を経ていない点において古代の様相を窺い知ることが出来る意味において貴重な『医心方』（丹波康頼撰著、九八四年成書）を参照した。これらの書籍を参看した理由は、白居易の活躍した時代の疾病に関する理論と重なる可能性が高く、居易

が用いた医学関連用語を理解する上で的確であると思われるからである。

一　風痺＝中風説について

さて従来の白居易の疾病研究で、最も問題となるのは「風痺」に関するものであろう。従来の研究では、風痺＝「中風」説が多い(2)と思われるが、ここから論考を始めたい。ちなみに「中風＝風（邪）に中《あた》る」であり、以下本論考において、風邪は全て「ふうじゃ」であり「かぜ」ではない。「風邪は万病の元」とは、本義的に「ふうじゃ」の伝播が速く、しかも他の外邪である湿邪・熱邪・寒邪などと容易に結びつくことから、「ふうじゃは万病の元」だったのが、いつしか「かぜは万病の元」に誤用されるようになったと考えられている。

風痺を考える前に、まず中風を考える。実は中国医学では、外感病（疫病）にも「中風」の概念がある。世間が云う「中風」は一般に「卒中風（卒に風に中《あた》る）」の用語が妥当するが、『諸病源候論』では外感病を「傷寒中風」と言い、「卒中風」を単に「中風」と記している。本書巻一風諸病上「中風候(3)」を見ると、

中風とは風氣　人に中るなり。風は是　四時の氣が八方に分布し、萬物を長養するを主り、其の郷に従いて來たるは、人　中りても死病少なし。郷に従わずに來たるは、人　中りて死病多し。其の病と為すは皮膚の間に蔵し内は外に通ずるを得ず、泄するを得ず、其の經脈に入り五藏を行《めぐ》るは、各の藏府に隨いて病を生ずる。

何となく分かりにくい文である。そこで『医心方』巻第三風病證候第一[4]を見ると

『小品方』に云う　説いて曰く　風とは、四時五行の氣なり。八方に分布し、十二月に順い、三百六十日を終わる。各の時を以て其郷に従いて來たるを正風と為し……。

と有るのを参照すれば、正風（つまりその季節本来の風）に中った場合は死ぬことは少ないが、本来の季節に合わない風（「虚風」「邪風」などと言う）に中れば死ぬことが多いという意味であることが分かる。

発病には患者自身の体質（つまり気・血・津液の量の過不足や流れの状態）が重要であるが、一方でその直接的な誘因として風・寒・湿などの外的要因（「六淫」と呼ばれる外的な病因）、怒りなどの感情の乱れ（「七情内傷」という内的な病因）、飲食や性生活の不摂生（不内外因）などを考える必要がある。

現代医学においては中風の病因を血栓（脳梗塞）や出血（脳出血）と考えるが、中国医学では単に血管の病変とは考えず、上記条文に例示したごとく根本的な体質の問題点や発症の直接的な契機となる病因を考える必要がある。このことは『諸病源候論』の引用文を見ても理解できるであろう。

ここで『外台秘要方』を参看する。残念ながら本書は宋代の儒臣達による大規模な医書校訂作業において更改されているが、孫思邈著の『千金方』と共に唐代医書の代表であり、しかも『外台秘要方』は収載文献の出典書籍名が記されていることでも貴重である。本書第十四巻「卒中風方七首」に『小品方』（六朝時代、陳延之）の引用として[5]

崔氏の小續命湯は、卒中風で死せんとするを療す。身體緩急して、口目は正しからず、舌強ばり語能わず、奄奄惚惚として、神情悶亂す。

をあげる。ここには「卒中風」の病態が明記されており、まさに死に至る可能性がある病であり、身体の麻痺、顔面の麻痺（或いは眼球偏倚を云うか）や言語障害、意識障害が読み取れる。ここに書かれている病態は明らかに白居易の詩作の病状に合わない。

現代医学の知識として脳血管障害（脳出血、脳梗塞、くも膜下出血など）が大脳で起きたならば、半身不随は大脳の傷害側と反対側に起こる。更に大脳の言語中枢は右利きの人は左大脳半球にあり、左利きの場合は右大脳にある。つまり右の大脳に血管障害が起こったとすると、左半身不随になるが、右利きの人は言語障害が起こらない。従って仮に居易の左足の障害が起きるためには、右大脳の血管に異常が生じたことになり、彼が右利きとするならば言語中枢は左大脳に在るので、想定された障害側と左右が逆であり、言語障害は起こらない可能性が高い。つまり現代医学的な脳血管障害、つまり「中風」（厳密には「卒中風」）の解釈では、居易を中風とする説は必ずしも誤りとは言えないのだが、古典的な用例としては言語障害のあるものを「卒中風」と定義しているので、言語障害があったと見なせない居易の病態は「中風（卒中風）」には妥当しないと言うべきであろう。

二　風偏枯について

では古代中国医学（少なくとも唐代）において言語障害や意識・思考障害を伴わない半身不随（片麻痺）を何と

呼んでいたのであろうか。検索した結果、『諸病源候論』巻一「風偏枯候」(6)が妥当するように思われる。そこには

風偏枯は血氣偏虚に由り、則ち腠理開き風湿を受け、風湿が半身に客し分腠間に在り。血氣を使て凝濇せしめ潤養する能わず、久しく差えず真氣去り邪氣獨り留まり、則ち偏枯と成る。其の狀は半身不隨、肌肉偏枯は小なるも痛み、智は變らず亂れざるを言う是なり。

現代医学が云う汗腺など皮膚に開いている穴を「腠理」といい、この腠理から風邪《ふうじゃ》などの外邪が進入すると考え、ここから外邪侵入するのを防衛するのが「衛気」と呼ばれる気の一種である。衛気が体表を流れていることなどを勘案すると、風偏枯とは概念的には衛気の異常のために腠理の間に風湿邪が客座し、そのために血気の流れが阻害されて肌・筋肉を栄養出来ず種々の症状が現れていることを云うと思われる。

このように「風偏枯候」が表す病態は、半身不随に着目すれば所謂「卒中風」に該当するように思われるが、その程度は筋肉萎縮と共に軽いという。ただ痛みを伴うとある点は疑問として残る。「風偏枯候」には上記の文に引き続き

男子は則ち左に發し、女子は則ち右に發し、若し瘖《いん》（おし）ならずして舌轉じる者は治すること可なり、三十日にして起たん。

これは左＝陽＝男、右＝陰＝女と考えての論理かと思われるが、うがって考えれば左半身麻痺のものは言語障害が少ないと理解していたのかもしれない。もちろん男主体の論理としてである。ただいずれにしても言語障害のないものは回復が早いと考えていたと思われる。さらに同書巻一の「風半身不随候」(7)の記述を見ると、

半身不隨の者は脾胃の氣弱く血氣偏虛にして、風邪乘じる所と為す故なり。脾胃は水穀の海為り。水穀の精化は血氣と為り、身體を潤養す。脾胃既に弱く水穀の精の潤養が周ならざれば、血氣偏虛に到りて風邪侵す所と為るが故に半身不隨なり。

とある。同じく血気虚を背景とするものの、病因を風湿邪でなく単に風邪とする点が風偏枯候と異なるのだが、症状としては類似点も多い。両者を比較すれば、半身不随は風邪の侵襲による結果であり、それ以外の痛みや言語障害、筋肉萎縮などは湿邪と結びつけているようにもみえるが、現代中国医学の知識をもってしても、風邪と湿邪の相違がこのような病態の違いを生むことはなく、こう解釈するのは間違いである。病因に多少の相違が見られるが、風偏枯と風半身不随は同じ病態を指していると考えて良いように思われる。

飲食は胃に入り腸で（消化器を総称して「脾胃」という）消化吸収されるが、その結果として作り出される物質を「水穀の精微物質」（または「水穀の気」、略して「穀気」）という。気からはさらに血や津液が作られ人体を構成する物質となる。従って消化器（脾胃）の働きが低下すれば気・血・津液の総てが不足することになり、不足＝虚に乗じて風邪など種々の邪が侵入し様々な病態を発症するのである。「風偏枯候」「風半身不隨候」などが古代における表記としては、言語・思考障害を伴わないタイプの脳血管障害を意味していたと言えるのではなかろ

うか。

居易に下肢のみでなく上肢の不調もあったことは、『白居易集』巻第三十六の「病中宴坐」に「手痺《しび》れて琴を援《ひ》くことを休《や》む」や、巻第三十五の「初病風」に「肘痺柳（瘤）を生じ」とあることから事実と思われるが、「病中詩十五首并序」には「左足不支」と下肢の不調のみが強調されており、上肢不調に関する他の記述が少ないことからも、その上肢の麻痺の程度は軽かったと推測できる。ただ臨床的に脳血管障害患者で下肢の障害は重く上肢は軽い例はよく認められ、必ずしも居易の片麻痺を否定する材料にはなりえない。

三　脚気について

だが仮に下肢の不調を主とする他の疾病を想定して検討することも試みた。すると上記した「風偏枯方」の記述が見られる『外台秘要方』の同じ第十九巻に「脚気《きゃくき》」の証候が並んでいる事に気付いた。「きゃくき（きゃっき）」はビタミン欠乏症によるいわゆる「かっけ」を含むと思われるが、基本的概念はずっと広いと考えて戴きたい。以下に検証する。

『外台秘要方』第十九巻には「脚氣腫滿方」以下、脚気関連方が八方並び、それに続いて上記した「風偏枯方」が在る。ちなみに『外台秘要方』巻十八、十九は共に脚気についての巻であるが、そこには総計二四七首という多数の処方が記載されており、その中に有名な八味丸[8]も含まれている。「脚気」とは、腎虚（現代に於ける気血虚を意味する）を背景因子として、腎の経絡に風寒湿邪が進入することで起きる病態と考えられており、「黄帝の時は名づけて厥と為し、両漢の間には名づけて緩風と為し、宋斉の後には之を脚気と謂った」とある。

『外台秘要方』第十九の巻頭「脚氣論二十三首」(『千金方』巻第七「論風毒状第一」の引用)の中に見られる「何を以て脚に之を得るかを論ず」(9)には、

問いて曰く……風毒　人に中るは處に隨い皆　病を作すを得る、何ぞ偏えに脚に著しきか。答えて曰く……夫れ人に五藏有り、心と肺の二藏は經絡の起こる所　手十指に在り。腎と肝と脾の三藏は經絡の起こる所足十指に在り。夫れ風毒の氣は皆　地にて起こるなり。地の寒暑風濕は皆　蒸氣を作り、足は常に之を履く。風毒の人に中る所以なり。必ず先ず脚に中り、久しく差えず、遍に四肢腹背頭項に及ぶなり。微時には覺えず、痼滞して乃ち知る。經に云う次傳、間傳は是なり。

とある。水液代謝は肺・脾・腎の三臓が主るが、特に重要なのは脾腎であり、上記のようにこれらの経絡は下肢と関わるので、風湿邪の害は下肢に及ぶことが多いという論理である。

同巻の「之を得る所由を論ず」(10)を見ると、

凡そ四時の中、皆濕冷の地に久立久坐を得ず、亦た酒醉に因りて汗出でるを得ず、衣靴襪を脱ぎ、風に當り涼を取るは、皆　脚氣を成す。若し暑月に濕地に久坐、久立する者は、則ち熱濕の氣が經絡に蒸入し、必ず熱を發し四肢酸疼し煩悶するを病む。若し寒月に濕冷地に久坐、久立する者は、則ち冷濕の氣が經絡に上入し、病い發し則ち四體酷冷し轉筋す。若し風に當り涼を取り之を得る者は、病い發し則ち皮肉頑痺し、諸處瞤動し、漸漸と頭に向う。

とあるが、ここに見られる多湿環境での生活や飲酒歴は、まさしく居易の人生そのものであることは前章（「白居易（楽天）疾病攷」）で指摘したところである。つまり居易はまさに「脚気」を起こす必然があったといえる。

さらに興味深いことは、続く「風毒脚弱痺方六首」の中に『千金方』よりの引用として「越婢湯、風痺脚弱を療する方」と「風痺」の詞が見られ、また次の「脚氣寒熱湯酒方一十首」[11]にも

風痺で行く能わず、更生散數劑を服し、及び眾療するも力を得ざるは、此の一劑を服すれば便ち能く遠行す。一、兩劑を過ぎざる方。松葉六十斤。右一味を㕮咀し水四石を以て四斗九升を煮取る。……之を飲み醉を取る。此の酒力を得る者は甚眾にして神妙なり。（並出第七卷中）

と、風痺の語と共に松葉酒を『千金方』巻七より引用している。さらに「脚氣痺弱の方七首」[12]にも

『千金方』松脂散、一切の風及び大風脚弱風痺の方を主る（小高注『千金方』では「一切の風及び大風脚弱風痺を治する方」）。……松脂三十斤を取る。

と、今度は全ての風疾、風痺に対し松ヤニを用いた散薬の処方があげられている。居易が「病中詩十五首」の中の「枕上作」で、「風疾による血凝筋滞不調柔」に対し「腹空いたら先ず松花酒を進め」と書いていることは周知である。この松花酒は『元和紀用經』（唐、王冰）に初出で、薬効は「風眩頭旋、腫痺などを治す」ことに

ある。以前より眩暈に悩まされていた居易が松花酒を常用していたことは考えられるが、専門的には脚気に対し用いるには「松葉酒」や「松脂散」（或いは酒）が松花酒より適当であったと思われる。ちなみに生薬学では、松葉は梁代の陶弘景が参看した『名医別録』（成書三世紀）に既に「風疾瘡を治す」と記載があり、後代の『本草綱目』（李時珍、一五九八年）には「風痛脚痺を去る」と記述されている。松脂（或いは松香）は、現伝最古の本草書である『神農本草経』（森立之説　秦—前漢に成書。五〇〇年頃陶弘景により再編集）に「疽悪瘡を主る」とあり、現代では「去風燥湿、排膿抜毒、生肌止痛」とまとめられている。松花（松の花粉）は『新修本草』（唐・蘇敬、六五九年）が初出で、松関連生薬の中では本草書に記載されたのは最も遅いが、それでも刊行された年代から考えて、居易の頃には流布していたと思われる。薬効は「去風、益気、収斂、止血」で「頭痛目眩泄瀉下痢」などが主治であり、上記したように風痺より従来悩まされていた頭痛眩暈への適応が大きいといえる。[13]

これらの記事の初出本である『千金方』について検討する。正式名は『備急千金要方』（唐・孫思邈、六五二年脱稿、宋版、オリエント影印本）であり、著者孫思邈（五八一—六八二年）は後年『千金翼方』（六八一年脱稿）も著している。孫思邈は医学のみならず儒・佛・道教にも造詣が深く長命であったとされ、その点においても白居易（七七二—八四六年）が尊崇していた可能性が考えられる。生没年には諸説有るが、一応上記としておく。[14]

唐代に刊行され居易の時代には存在していた『外台秘要方』或いは『千金方』に、「脚気」関連事項の中に、松関連の処方と「風痺」の字句が屢々用いられているのは驚きである。なぜならここに見られる「風痺」の言葉には、疼痛疾患を意味する痺証としての用法とは異なるからである。下肢の失調を示す「脚気」の病因として風邪を考え、そこに「痺《しび》れ」の意味として風痺の字句を用いたように思われる。風痺の検討の詳細は次項を参照されたい。

風痺の検討に入る前に、総括的に『外台秘要方』第十九巻「風湿方」の項[15]を見ると、

中風、偏枯、風痱、風懿、風痺を辨ず。偏枯者とは、半身偏りて不隨、肌肉偏りて用いられずして痛むが、言は變らず、智も亂れず、病は分腠の間に在り、溫めて臥し汗を取り、其の不足を益し、其の有餘を損じれば、複するも可なり。風痱者とは、身に痛み無きも、四肢は収らず、智亂れず言（障害）甚しからざるは、微かに療す可きを知る。甚しく言能わざるは、不可治なり。風懿者とは、奄忽にして人を知らず、咽中塞がり窒窒然として、舌強ばり言能わず、病は藏腑に在り、先ず陰に入り後に陽に入る、之を治するには先ず陰を補い、後に陽を瀉し、其の汗を發し身が軟に轉じる者は生き、汗出でず身直なる者は七日にして死す。風痺を病み已む可からざる者は、足は冰を履くが如く、時には湯に入るが如く、腹中や股脛が淫濼し、煩心して頭痛み、嘔眩し、時時と汗出で、目眩して悲恐し、短氣して樂しまざるは三年を出でずして死す。

と諸疾病の弁別が書かれている。この中の風懿は言語障害があることから居易には妥当しない。やはり偏枯に痛みを伴うと有るのが問題点として残る。風痱は次に考える。

四　風痺について

本題に入る前に、まず「風痱」の軽症が対象疾患になり得るようなので、あらためて「風痱」を『外台秘要方』で詳しく見ると、[16]

『諸病源候論』の記述　風痱の状は、身體無痛にして、四肢收まらず、神智は亂れざるも、一臂（小髙注　肘、腕）が不隨なる者は、風痱なり。時に能く言う者は、治するも可なり。言う能わざる者は、不可治なり。（出第一巻中）

『千金方』の記述　風痱を療する方。風痱者とは、卒して語る能わず、口噤し、手足不隨にして、彊直ならざるは是なり。方は伏龍肝五升（末）を……。（出第八巻中）

『古今錄驗』の記述　西州續命湯は風痱に中るを療す方。身體自から收まらず、口は語る能わず、冒昧として人を識らず、痛む處を知らず、但だ拘急して中外皆な痛み、轉側を得ず、悉く之を主る。

を考えると、出典により痛みの有無や四肢不随に大きな違いが見られ、定義に混乱がある。『諸病源候論』が言うように痛みは伴わず、言語障害が一時的な軽症のタイプであったと考えれば、「風痱」と考えても居易の病態に矛盾はしないが、記述をよく読めば下肢より腕の失調の方が主のようで、やはり居易には妥当しないと考えた方が良いであろう。

では次に居易自身が記述している「風痺」をより詳しく検討する。前稿にも記したように「痺証」とは現代医学では慢性関節リューマチ、痛風、神経痛などの疼痛を主とする疾患群を言い、その病因が風邪によるものを「風痺」と称する。

『諸病源候論』巻一「風濕痺候」(17)には、

風濕痺の病状は、或いは皮膚頑厚、或いは肌肉酸痛す。風寒濕の三氣が雜して至り、合して痺と成る。其の風濕の氣が多くして寒氣が少なき者は、風濕痺と為るなり。血氣虚に由り、風濕を受け、此の病と成る。久しく差えざれば、絡經に入り、陽經に搏せば、亦た變じて身體手足不隨たら令む。

と有る。「或いは……」という記述では、疼痛は必ずしも伴わなくても良いことになり、上記の一般的概念から考えてもこの記述は意外なものを含んでいる。

さらに同書「風痺候」を読む[18]と、

痺は風寒湿の三氣雜して合して痺と成り、其の狀は肌肉が頑厚（の感じがする）か或いは疼痛し、人體の虚に由り腠理開くが故に風邪を受けるなり。病が陽に在れば風と曰い、陰に在れば痺と曰う。陰陽俱に病めば風痺と曰う。……冬に痺に遇う者は骨痺と為り、則ち骨重くして擧ぐる可からず、隨ずして痛む。骨痺が已まざるに又　邪に遇えば則ち腎に移入して其の狀は喜く脹れる。

上記した拙稿（「白居易（楽天）疾病攷」）にあげた『霊枢』の条文と相同の字句が見られ、必ずしも痛みがない場合もあるように記述されているが、後半に居易のように冬に発症すれば、病邪が腎に入り「骨痺」になると書かれている。これは『黄帝内経・素問』長刺節論篇第五十五[19]に見られる

病が骨に在れば、骨重く擧ぐ可からず、骨髓酸痛し、寒氣至れば、名づけて骨痺と曰う。

五行の冬（寒）＝腎＝骨の関連からの言葉であるが、やはり痛みが主徴候であり、居易の詩作に疼痛の記述が見られないことから「痺証」は否定的と云わざるを得ない。更に確認するために『諸病源候論』「風痺手足不随候」を読むと、[20]

風寒湿三氣が合して痺と為る。風多い者は風痺と為り、風痺の狀は肌膚盡く痛む。諸陽の經が盡く手足に起り身體を循行すれば、風寒が初め肌膚に客し痺と為るを始まりとし、後に陽經を傷り其の虚處に隨いて停滞し、血氣と相搏てば血氣は行ること遲緩にして機關を使て弛縱せしむ。故に風痺にして復た手足不隨なり。

と、当初肌膚痛として見られた症状が、更に諸陽経が傷害されると四肢不随を来すことが明記されている。居易の詩を読むと、左足の不随と柳（＝瘤）を生じた肘痺や「手痺休援琴（3525 病中晏坐）」などが書かれ、「痺」の字句が使われているが、痛みの記述は全くない。居易が使う「痺」はいわゆる痺証の意味ではなく、単なる「しびれ」の意味のように思われるが如何であろう。さらに居易が自分の病態を『千金方』などの医学書で参看したとすれば、これらの書物の「脚気」の項を見て、自分の病気を「脚気」と考えるに至り、そこに上記したように「風痺」の字句が用いられていたことが、彼の詩作に「風痺」の字句を用いた理由であるとも示唆されるのである。以下に述べるように風痺の本来の中国医学に於ける意味が異なるにもかかわらずである。

「柳」に関しては上記拙稿では読み違えたが、下定の指摘[21]のように、『荘子』巻六下 第十八至樂に「瘤」の意味での音通の用例として俄に柳が其の左肘に生じ、其の意蹶蹶然として之を悪む。

がある。他に宋代以前の医書を渉猟したが同様の用例は見られなかった。だが殆どの医書が宋代に書き換えられており、正確な検索とは成り得ないと言える。

このようにリューマチ結節を思わせる記述があるとはいえ、疼痛がないことからリューマチなどのいわゆる「痺証」(「風痺」も含む)である可能性は低いと云わざるを得ない。

五　頭風について

ここで視点を変えて、上記したように居易がしばしば記している頭眩(目眩、目昏、頭風も同意)を考えることにする。『諸病源候論』「風頭眩候」[22]には

風頭眩する者は血氣虚に由り、風邪が脳に入りて目系に引く故なり。

と、血気の虚に乗じて風邪が入れば眩暈を来すと書かれており、素体血気虚を持つ居易の基礎病態を考えれば十分妥当することであり、詩作と合致する。

ただ注記すると、日常の臨床経験からは、目眩の直接的な病因は「痰濁阻竅」である。つまり清気が脳や耳など平衡感覚と関連する部位へ十分に環流することを、痰飲と呼ばれる湿邪(これは飲食の過剰接収などの不摂生や、

陰湿の地に居住することで生じる）が阻害するために目眩が起きるのである。居易の基礎病態に痰飲の存在が示唆されることは前稿で指摘してある。さらに付記すれば、この湿邪は四肢不随の原因ともなり得るのである。

次に『医心方』巻第三風病證候第一(23)を再度参照すると、

『小品方』に云う　説いて曰く、風とは四時五行の氣なり。八方に分布し、十二月に順い、三百六十日を終わる。各の時を以て其郷に従いて來たるを正風と為し、天地に在るを五行と為し、人に在るを五臓の氣と為すなり。萬物生成の順う所、毒厲の氣に非ざるなり。人當に觸を過ち、其の氣に勝たざれば乃ち之を病むのみ。病と雖えど然るに自と瘥える者有るなり。治を加えれば則ち癒え易し。其の風　時に非ず至る者は、則ち毒風と為すなり。治せざれば則ち自から瘥える能わず。今　則ち其の證を下の如く列す。

として四季に応じた各証候を記す。居易が発症した冬の項を示すと、

冬は壬癸水、北方寒風。之に傷らる者は腎風為り。腰股四肢腎兪の中に入り、多汗悪風、腰脊骨肩背頸項痛を病み、久しく立つ能わず、便出るに曲て難く利せず、陰痺れ、之を按ずるも小便を得ず、腹脹り、面痝（旁注　普江反、面皮起貌）するも然るに澤有り、腫れ、時に眩み、顔色黒し。人を令て厥すと為す。

「厥《けつ》」とは四肢厥逆の略で、気血の運行不良による厥冷などの証候を言う。ちなみに居易の詩作「3408 病中詩并序」の「厥疾少間」を一般に「厥《そ》の疾《やまい》少《すこ》しく間《い》ゆ」と読むようだが、厥を医学用語「厥《けつ》」と見なしても問題

ないであろう。

『医心方』同巻「治頭風方第七」には、まず先に記した『諸病源候論』の「風頭眩」の定義を記すのみで、直接「頭風」の定義には触れていない。そこで直接『諸病源候論』を参照すると、巻之二風諸病下に「頭面風候」[24]があり、

頭面風とは是れ體虚にして諸の陽經脈に風が乗ずる所と為すなり。諸の陽經脈は頭面に上走す。運動勞役して陽氣發泄すれば腠理開き、而して風を受ける。之を首風と謂い、病狀は頭面に汗多く惡風す。病甚しければ則ち頭痛む。又新たに沐して風に中れば則ち首風と為す。又新たに沐して頭未だ乾ざるに以て臥す可からず、頭重く身熱し反って風を得て則ち煩悶たら使む。其の脈を診れば寸口は陰陽表裏が互に相乘じ、風が首に在る如く久しく差えず、則ち風が腦に入り變じて頭眩を為す。

養生方に云う　飽食して仰臥すれば久しくして氣病み頭風と成る。

このように種々の原因により、頭顔面部の発汗異常、頭痛、眩暈などを来す疾患の総称を「頭風」と呼んでいることが分かる。本章の次には「風頭眩候」があり、両者の関連性がうかがわれる。

上記した『医心方』治頭風方第七の風頭眩の記述に続いて、[25]

（『耆婆方』に）又云う　人の風氣、風眩、頭面風、頭中風の病いを治するは六時散方（具体処方省略、以下同じ）

又云う　人の風氣、風眩、頭中風病、中風脚弱、風濕痺の病を治するは七星散方

又云う　人の風氣、風眩、頭面風、中風、濕痺脚弱、房少精の病いを治するは八風散方

のように、頭風とは容易に一層重篤な病態に発展する可能性を持った状態であることが分かる。つまりまとめれば居易の「病中詩十五首并序の序」に見られる疾病は本質的に「風病」の範疇であり、「風偏枯」或いは「脚気」などが診断名としては考えられ、いずれも外因としての風（寒湿）邪を直接的な病因とする。もちろん素体としての気血不足、腎虚などの虚弱な部分、さらに習慣的な飲酒や湿潤な土地での居住などが誘因となっている。

なお大和九年の「三〇一五　二月一日作贈韋七庶子」に見られる「去冬病瘡痏、将養遵医術」の「痏」について付記しておく。『呂氏春秋』至忠篇に「痏」の病についての記述があり、一般には字義を頭痛のこととすることが多いが、時には「痏」は「痟」のこととして痟渇＝消渇と考えられる場合もある。痏に関しては「移精変気」と絡めて既に考察した[26]。

居易の詩作では「瘡」という外科的な疾病と併記されており、諸橋の『廣漢和辞典』に見られる「うちきず」の意味が妥当するかと思われる。

結語

（1）居易が詩作で述べている病態を医学用語でまとめれば、血気の虚に乗じて風邪が入る「風病」であり、特に頭部への侵入の結果である「頭風」が従来より悩まされていた頭痛眩暈の病名である。

（2）風病はさらに重篤な病態を引き起こすが、「病中詩十五首并序の序」に見られる病態は「風偏枯」或い

は「脚気《きゃくき》」などが診断名として考えられる。

（3）唐代に刊行されていた総合医書である『千金方』は、その著者孫思邈と居易の思想の類似性から、居易も見ていた可能性が示唆される。本書の「脚気」の記述には、居易の「病中詩」に記されている「風痺」「松花（葉か？）酒の記述が見られる。

（4）もしこの推論が正しければ、居易自身は自分の病態を「脚気」と認識していた可能性がある。

（5）居易が「風痺」と記した疾患は、いわゆる唐代の疾病概念からすれば、「中風」（厳密には「卒中風」）には該当しない。

（6）肘に「柳」（＝瘤）ができたという記述のように、リューマチ結節を思わせる症状が書かれており、また左下肢の運動障害を訴えてはいるが、痛みに関する記述が見られない。このことから中国医学的な解釈では、厳密にはいわゆる「痺証」ではないと言うべきである。ただ唐代の古典の記述では痛みが必ずしも無い場合も痺証定義にあるため、当時においては「風痺」という言い方も誤りではなかったと言える。

（7）居易は「痺」の用語を医学用語としての痺証の意味ではなく、「しびれ」の意味で用いた可能性を否定できない。

註

（1）小高修司「白居易（楽天）疾病攷」『日本醫史学雑誌四九（4）』六一五―六三六頁、二〇〇三年。

（2）日本での中風説（下定雅弘の情報による）

（イ）今井清「白楽天の健康状態」（『東方学報』四一〇頁、第三六冊、昭和三九年（一九六四）一〇月）に「六、中風に罹る」の章題をつけて「酒に目がない罰として、六十八歳の冬十月六日の朝に中風に襲われる。……彼は、その原因を老衰に帰しているが、単にそれだけではない。知れたことだが、過度の飲酒による動脈硬化である。右側の血管から出血して左足が利かなくなったのである。不幸中の幸いというべきは、運動神経の中枢が侵されただけで、思考・記憶・言語の障害は全く見られない。……」としている。
（ロ）　埋田重夫「白居易詠病詩の考察――詩人と題材を結ぶもの」（『中国詩文論叢』一〇三頁、一九八七年）は、「白居易の主な疾病は、眼病・肺病・風痺（中風）の三つに大別される」とある。
（ハ）　三浦国雄「白楽天における養生」（平凡社、荒井健編『中華文人の生活』一九九四年）。創元社『気の中国文化――気功・養生・風水・易』九九頁、一九九四年）Ⅱに「文人と養生Ⅰ――白楽天の場合」として収載）「……この中で最も深刻な病が六八歳の時に見舞われた「風痺の疾」（中風）であるが……」、同一〇一頁「風痺(36)」として、一四二頁注(36)に「これは中風としてよろしかろう。白居易自身も「自中風来三歴閏」（巻三十七「詠身」、七五歳）」と述べる」と記している。（＊この「中風」は「風に中る」の意で、「中風」だという証拠にはならない。）
（ニ）　大平桂一「日々と四季の健康法」（平凡社『中華文人の生活』一六四頁、一九九四年）は、「白居易（七七二―八四六頁）は若いころから自分の健康に大きな関心を持ち、……完全な健康への希求や昇仙への強い執着からある程度逃れる契機となったのは、晩年洛陽で隠棲していた彼を襲った中風だった。（以下、訳）開成四年（八三九）、病弱の私も六八歳になった。冬十月甲寅の日の朝に、始めて麻痺の病にかかった。……」と記している。

(3)　『諸病源候論』中風候
中風者風氣中於人也風是四時之氣分布八方主長養萬物從其鄉來者人中少死病不從鄉來者人中多死病其為病者藏於皮膚之間内不得通外不得泄其入經脈行於五藏者各隨藏府而生病焉

(4)　『医心方』巻第三　風病證候第一
《小品方》云、説曰　風者、四時五行之氣也、分布八方、順十二月、終三百六十日。各以時從其鄉來為正風

(5)　卒中風方七首
崔氏小續命湯、療卒中風欲死、身體緩急、口目不正、舌強不能語、奄奄惚惚、神情悶亂

(6)　風偏枯候
風偏枯者由血氣偏虛則腠理開受於風濕風濕客於半身在分腠之間使血氣凝濇不能潤養久不差真氣去邪氣獨留則成偏枯其狀半身不隨肌肉偏枯小而痛言不變智不亂是也…男子則發左女子則發右若不瘖舌轉者可治三十日起

（7）風半身不隨候
半身不隨者脾胃氣弱血氣偏虛為風邪所乘故也脾胃為水穀之海水穀之精化為血氣潤養身體脾胃既弱水穀之精潤養不周致血氣偏虛而為風邪所侵故半身不隨也

（8）小髙修司「八味丸と六味丸の方意を歴史的に考える」『漢方の臨床』五二（五・六）、七七七―七八四頁、九三三―九四三頁、二〇〇五年。

（9）論何以得之於脚……
問曰……風毒中人、隨處皆得作病、何偏著於脚也？　答曰　夫人有五藏、心、肺二藏、經絡所起在手十指：腎、肝與脾三藏、經絡所起在足十指。夫風毒之氣、皆起於地、地之寒暑風濕、皆作蒸氣、足常履之、所以風毒之中人也、必先中脚、久而不差、遍及四肢腹背頭項也、微時不覺、痼滞乃知。經云次傳、間傳是也。

（10）論得之所由……
凡四時之中、皆不得久立、久坐濕冷之地、亦不得因酒醉汗出、脱衣靴韈、當風取涼、皆成脚氣。若暑月久坐、久立濕地者、則熱濕之氣蒸入經絡、病發必熱四肢酸疼煩悶。若寒月久坐、久立濕冷地者、則冷濕之氣上入經絡、病發則四體酷冷轉筋。若當風取涼得之者、病發則皮肉頑痺、諸處瞤動、漸漸向頭。

（11）脚氣寒熱湯酒方一十首
十二風痺不能行、服更生散數劑、及眾療不得力、服此一劑便能遠行、不過一、兩劑方。松葉六十斤。右一味、㕮咀、以水四石、煮取四斗九升、以釀五斗米、如常法。別煮松葉汁以漬米、並饙飯釀、泥封頭七日發澄、飲之取醉、得此酒力者甚眾、神妙。（並出第七卷中。）

（12）脚氣痺弱方七首
《千金》松脂散、主一切風、及大風脚弱風痺方、薰陸法亦同。取松脂三十斤、以敍皮袋盛系頭、鐵鐺底布竹木、置袋於上、石押之、下水於鐺中令滿煮之、膏浮出得盡、以後量更二十沸、接取置於冷水中、易袋洗、鐺更煮如此九遍藥成、搗篩為散、以粗羅下之、用酒服一方寸匕、日二。初和藥以冷酒、藥入腹後飲熱酒行藥、以知為度。如覺熱即減、不減令人大小便秘澀、宜令蔥羹、仍自不通、宜服生地黃汁、微取泄利也。降忌大麻子以外、無所禁。若欲斷米、加茯苓與松脂等分、蜜和為丸、但食淡抹餺飥日兩度、一食一小碗、勿多食也。作餺飥法：硬和抹熟挼煮五十沸、漉出冷水淘、更置湯中煮十餘沸、然後漉出食之。服松脂三十日後自覺有驗、兩脚如似水流下是效。如恐秘澀。和一斤松脂、茯苓與棗栗許大、蘇即不澀。服經一百日後、脚氣當愈。

(13) 目眩用語が見られる詩作の例

游悟真寺詩一百三十韻　元和九年秋、八月月上弦。……目眩手足掉、不敢低頭看。(四三歳)

登香爐峰頂　上到峰之頂、目眩神恍恍。

時世妝　斜紅不暈赭面狀

畫竹歌　並引　蕭郎蕭郎老可惜、手顫眼昏頭雪色

(14) 干祖望『孫思邈評伝』一一二四頁、南京大学出版社、二〇〇二年。

(15) 『外台秘要方』風濕方九首

辨中風、偏枯、風痱、風懿、風痺。偏枯者、半身偏不隨、肌肉偏不用而痛、言不變、智不亂、病在分腠之間、温臥取汗、益其不足、損其有餘、乃可複也。風痱者、身無痛、四肢不收、智亂不甚言、微知可療、甚則不能言、不可治也。風懿者、奄忽不知人、咽中塞窒窒然、舌強不能言、病在藏腑、先入陰後入陽、治之先補於陰、後瀉於陽、發其汗身轉軟者生、汗不出身直者七日死。風痺病不可已者、足如履冰、時如入湯、腹中股脛淫濼、煩心頭痛、嘔眩、時時汗出、目眩悲恐、短氣不樂不出三年死。

(16) 風痱方三首

《病源》風痱之狀、身體無痛、四肢不收、神智不亂、一臂不隨者、風痱也。時能言者。可治。不能言者、不可治也。(出第一卷中。)

(17) 風濕痺候

風濕痺病之狀或皮膚頑厚或肌肉酸痛風寒濕三氣雜至合而成痺其風濕氣多而寒氣少者為風濕痺也由血氣虚則受風濕而成此病久不差入於絡經搏於陽經亦變令身體手足不隨

(18) 風痺候

痺者風寒濕三氣雜至合而成痺其狀肌肉頑厚或疼痛由人體虚腠理開故受風邪也病在陽曰風在陰曰痺陰陽俱病曰風痺……冬遇痺者為骨痺則骨重不可舉不隨而痛骨痺不已又遇邪則移入於腎其狀喜脹

(19)『素問』長刺節論篇第五十五
病在骨．骨重不可擧．骨髓酸痛．寒氣至．名曰骨痺

(20)風痺手足不隨候
風寒濕三氣合而為痺風多者為風痺風痺之狀肌膚盡痛諸陽之經盡起於手足而循行於身體風寒之客肌膚初始為痺後傷陽經隨其虛處而停滯與血氣相搏血氣行則遲緩使機關弛縱故風痺而復手足不隨也

(21)下定雅弘『白楽天の世界』勉誠出版、二〇〇六年。

(22)風頭眩候
風頭眩者由血氣虛風邪入腦而引目系故也

(23)『医心方』巻第三　風病證候第一
《小品方》云　說曰　風者、四時五行之氣也、分布八方、順十二月、終三百六十日。各以時從其鄕來為正風、在天地為五行、在人為五臟之氣也。萬物生成之所順、非毒厲之氣也。人當觸之過、不勝其氣乃病之耳。雖病、然有自瘥者也、加治則易癒。其風非時至者、則為毒風也。不治則不能自瘥焉。今則列其證如下
冬壬癸水、北方寒風。傷之者為腎風、入腰股四肢腎兪中。為病多汗惡風、腰脊骨肩背頸項痛、不能久立、便出曲難不利、陰痺、按之不得小便、腹脹、面痝然有澤、腫、時眩、顏色黒。令人厥。

(24)頭面風候
頭面風者是體虛諸陽經脈為風所乘也諸陽經脈上走於頭面運動勞役陽氣發泄腠理開而受風謂之首風病狀頭面多汗惡風病甚則頭痛又新沐中風則為首風又新沐頭未乾不可以臥使頭重身熱反得風則煩悶診其脈寸口陰陽表裏互相乘如風在首久不差則風入腦變為頭眩
養生方云飽食仰臥久成氣病頭風

(25)治頭風方第七
《耆婆方》又云　治人風氣、風眩、頭面風、頭中風病六時散方
又云　治人風氣、風眩、頭面風、中風、濕痺脚弱、房少精、八風散方

(26)小髙修司「「痟」の病について——移精変気を踏まえて」『中医臨床』二六（2）、二四八—二五一頁、二〇〇五年。

三　杜甫疾病攷

杜甫詩集など杜甫（七一二―七七〇年）に関する資料には疾病や生薬といった医薬学に関する用語が散見される。渉猟した限りでは、杜甫の疾病などの分析を行った資料は一点見出されたが[1]、内容に見解を異にする点がある。そこで中国医学を専門とする立場から、杜甫の疾病に関する分析を試みた。

なお杜甫の生存期間から考え、参照した古典は杜甫生存年以前に刊行されていたと考えられるものを用いたが、宋代の大幅な医書校訂版によってのみ現存しているものも以下のように用いた。原典の校勘に用いた書籍は以下の通り。

『素問』は顧従徳本『重廣補註黄帝内經素問』（天宇出版社、中華民国七十八年、台北）、『霊枢』は明刊無名氏本『新刊黄帝内經霊枢』（内藤湖南旧蔵を底本とする日本内経医学会、一九九八年刊本）、『傷寒論』は明・趙開美本（燎原書店影印本、一九八八年刊）、『諸病源候論』（巣元方六一〇年刊）は宋版（東洋医学善本叢書第六冊、東洋医学研究会、一九八一年刊）である。『神農本草経』は森立之が輯録し解説を施した『本草経攷注』（一八五七年）が最も優れているとされており校勘に用いた。また『神農本草経』と併せて『神農本草経集注』（梁、陶弘景）の記述が含まれている『証類本草』（一一〇〇年頃、唐愼微）を参看した。

また唐代に刊行された『備急千金要方』（孫思邈、六五五年頃刊行、『千金方研究資料集』オリエント出版社、一九八九年刊）と『千金翼方』（孫思邈、六五九―六八一年の間に刊行、元大徳版影印、オリエント出版社、一九八九年刊）また『外臺秘要方』（王燾、七五三年頃刊）、宋版（東洋医学善本叢書第四、五冊、東洋医学研究会、一九八一年刊）は、杜甫自身が読んでいた可能性も考え参看した。また成書年代は遅いが『医心方』（丹波康頼撰著、九八四年成書、半井家本・仁和寺影写本・多紀家旧蔵本影印、オリエント出版社、一九九一年刊）は、日本独自の伝本集積により作られており、何より宋改を経ていないために中国の書籍群より古体を認めることが多く参看した。

また検索に際し、東亜医学協会のＨＰ上の小林健二氏作成の Web 版『素問』『霊枢』『傷寒論』を用い、原典で校勘した。また杜甫全詩もネット上からいくつかのサイトを利用して参照したが、最終的には『杜詩詳註』（仇兆鰲、一九七九年、中華書局版）本の本文を用いた。

また古典の引用文においては可及的に原典での使用字体を用い、本文中で適宜改めた。また地の文においては当用漢字を用いた。

一　時代背景――疾病史と気候史

（1）　気候史

中国は古代よりたびたび伝染性疾患の大流行に見舞われて、「疫」や「瘧」「癘」「瘴」「癧」の語はこの意味で使われてきた。先ず疫病の歴史を概観してみる。

前漢後期（紀元前一世紀頃）に疫病は著明に増加し、大小の流行は十八回に及んだ。さらに後漢治世（紀元二五―二二〇年）の一九六年間には正史に記されているだけでも二二回も疫病が猖獗した。いつの時代でも政治的に安定している時は、人民は供薬や減税などの恩恵を受けることが出来るが、戦乱の時期には国家の防疫体制も不十分となり、一層大流行をすることになる。(2)異常気象と飢饉・疫病の三者は相互に密接な関連がある。(3)

この間の気候変動を見てみる。基本的に初夏の旱魃と秋の洪水が問題となるが、一〇年ごとに見ると、前漢後期の内、特に紀元前五〇年以降に洪水と旱魃が増加し始め、紀元一〇〇年から一五〇年にかけては中国古代で最悪の発生件数となる。そして一四〇年から三世紀にかけては「小氷期」と呼ばれる寒冷期が重なる。自然災害の増加は農民などの反乱、周辺の異民族の流入の増加件数とも符合する。こうした混乱状況は初め黄河流域に起こり、徐々に南へと拡大する傾向にあった。魏晋南北朝のほぼ三六〇年間には七四回、実に五年に満たずして流行があったが、この間の紀元二五〇年から三四〇年にかけては、古代史上二度目の多くの洪水・旱魃の発生が見られた時期である。(4)

こうした気候は中国・韓国・日本で同じような傾向が見られ、それぞれの史書や理学的研究を相互に参考にすることが役立つ。例えば日本での研究によると、七—九世紀は冷涼期、一〇—一四世紀は温暖期、そして一五—一九世紀は寒冷期となる。(5)

紀元四六八年一〇月の豫州疫では実に一四、五万人が死亡したという。隋代には江南の土地が下湿であり瘴癘に苦しみ夭折する民が多かったという。煬帝が高麗出征に失敗した理由も大水と疫疾による被災といわれている。

唐代末に当たる九世紀半ば以降には農民暴動が頻発し、回紇（ウイグル）族の侵入もあり、九〇七年に唐は滅ぶことになるが、冷涼期が終わり温暖期が始まりかける時期に相当する。唐代の二五五年間に疫病大流行は二一回であり、その特徴は発生時期に春・夏が多いことである。夏が七回、春が五回である。また『南史』侯景列伝に「横屍路に満ち、埋瘞する人も無く、臭気は数里も薫り、爛汁は溝洫に満つ」と記された如くに、(6)従来は放置されていた遺体であったが、唐代から穴に埋める処置が執られ、防疫面で重要な役割を果したことも知られている。別の史料を見てみよう。(7)

隋唐、宋の時期は現代に比べ年間降水量はかなり多く、寒冷期の終わりから温暖期に移行する時期であり、一般には温暖であった。宋初には中原の南陽地区でも熱帯動物の野生の象が居たという記事も見られる。隋唐三〇〇年間に洪水は増加し、旱魃は減少した。それぞれの大きな被害は洪水が旱魃の三倍であったが、温暖期に入る宋以後は旱魃が洪水を上回るようになった。(8)

唐代の中原地区の異常気象と、近接する疫病の発生を重ね合わせてみると、(9)比較的近い時期に災害と疫病流行があることが分かる。

六八七年春（唐）　京師より山東に疫。

六九三年五月　黄河下流に洪水。

七九〇年夏　淮南、浙西、福建疫。

七九二年　秋に大雨洪水。六、七月にも大雨洪水。

八六一年　十数ヶ月に及ぶ旱魃。

八六九年　宜歙両浙疫。

八九一年春　淮南疫。

八九三年秋（唐）陝、晋、豫に大旱。

このように異常気象は各世紀の九〇年代初めに発生するという百年周期性を示した。その多くは暴雨洪水である。その後も同じ傾向は続き、しかも一四世紀以降は毎世紀の五三年と九三年に異常気象が発生した。ほぼ六〇年と四〇年ごとに天災が来ることになる。これは癸丑、癸巳、癸酉歳に発生することを示している。

次に寒冷時期を列記する。(10)（漢―後漢は中原地域）

前七一年（漢）最大の降雪。

前四三年　霜降り草木枯れる。

前二一年四月（現在の五月）最晩の降雪。

前一一年四月（現在の五月一二日から六月一二日の間）最晩の降雪。

一六年（漢）最大の降雪。

五八年（後漢）六月（現在の八月八日）早霜。

一九九年（後漢）夏六月（現在の七月一一日から八月九日の間）寒風冬の如し。

二三五年（三国呉）早霜。

三三六年（後趙）記録的遅霜。

三七四年（前燕）八月（現在の九月二一日から一〇月二〇日の間）暴雨雪により旅役の者凍死者数万人、士卒飢凍死者万余。

四八五年（魏）五月（現在の六―七月）一番の遅霜。

七〇三年（唐）　早くから寒気襲う。

八一七年　夏に河南に雨雹。凍死者有り。

八八二年（唐）七月（現在の八月一八日から九月一五日の間）　大雪寒甚。

漢代から五胡十六国時代迄は基本的には寒冷の気候が多く、それに対し上記したように隋唐宋は基本的には温暖多雨の時期である。

ここで「疫」や「瘧」「癘」「瘴」「癧」に関する医学定義をみよう。『外台秘要方』（王燾、七五三年頃）巻五「山瘴瘧方一十九首」に『諸病源候論』（六一〇年、巣元方）を引用して以下の記述がある。

此病生於嶺南、帯山瘴之氣也。其狀發寒熱、休作有時、皆由挾溪源嶺瘴溫毒氣故也。其病重於傷暑之瘧矣。

さらに『肘後備急方』（晋、葛洪、三一〇年頃）を引いて下記の通り。

夫瘴與瘧、分作兩名、其實一致。或先寒後熱、或先熱後寒、嶺南率稱為瘴、江北總號為瘧、此由方言不同、非是別有異病。然南方溫毒、此病尤甚、原其所歸、大略有四：一山溪毒氣、二風溫痰飲、三加之鬼癘、四發以熱毒、在此之中、熱毒最重。

（2）杜詩に見られる疫病表記

上記したように杜甫の生存期間には大規模な疫病の流行は見られていない。では次に杜詩が疫病について如何に書いているか見てみよう。但し「瘧癘」という表現が二回見られるが、この表記法は杜甫独特のようで、他の医書・諸子百家の検索で、江戸・丹波元胤の『中國醫籍考』方論（四十）〔盧氏（明銓）一萬社草〕の序文に見られるのみであった。「瘧」については別に章を立てて論じることとし、ここではそれ以外の「癘」「瘴」「癧」といった疫病表記を検証した。

「癧」は杜詩には見られない。「江南瘴癘地」（「夢李白二首」）「南方瘴癘地」（「雷」）という言い方で江南の地に疫病が流行ることが多いと述べることはあっても、一般論としての表記であって、実際に杜甫が疫病流行に出会ったという記述ではない。「炎瘴」（「園人送瓜」「虎牙行」「寄岳州賈司馬六丈、巴州嚴八使君兩閣老五十韻」「風疾舟中伏枕書懷三十六韻、奉呈湖南親友」に見られる）、「瘴」（「驅豎子摘蒼耳（即卷耳）」「後苦寒行二首」「晩晴」「早發」「不離西閣二首」「大歴二年九月三十日」「十月一日」「孟冬」「北風（新康江口信宿方行）」に見られる）、「瘴毒」（「又上後園山腳」）「炎瘴毒」（「詠懷二首」に見られる）、「毒瘴」（「次空靈岸」に見られる）、「瘴雲」（「熱三首」に見られる）などは、時には単なる暖湿気の気候を表す詞としての用例である。

（3）「瘧《ぎやく》」について

上記したように瘧は疫病の一種であるのだが、症状面のみを捉えマラリアのように寒熱往来する病態（症状）として認識されることも多い。伝染性疾患としての知識が乏しかった古代における病因病機の考えは、例えば『素問』四氣調神大論篇第二の記述は以下のようである。

此夏氣之應、養長之道也。逆之則傷心、秋爲痎瘧。

養長すべき時季である夏に、これに逆することを行えば、五臟の中で夏に応じる心臓を傷つけることになり、それが秋に至り咳瘧を来す。また『素問』生氣通天論篇第三では、具体的に夏季の傷害の原因を暑とする。

夏傷於暑、秋爲痎瘧。

さらに『素問』瘧論篇第三十五で詳述する。

帝曰、瘧先寒而後熱者、何也。

岐伯曰、夏傷於大暑、其汗大出、腠理開發、因遇夏氣凄滄之水寒、藏於腠理皮膚之中、秋傷於風、則病成矣。夫寒者陰氣也、風者陽氣也、先傷於寒、而後傷於風、故先寒而後熱也。病以時作、名曰寒瘧。

帝曰、先熱而後寒者、何也。

岐伯曰、此先傷於風、而後傷於寒、故先熱而後寒也、亦以時作、名曰温瘧。其但熱而不寒者、陰氣先絶、陽氣獨發、則少氣煩寃、手足熱而欲嘔、名曰癉瘧。……

帝曰、論言、夏傷於暑、秋必病瘧、今瘧不必應者、何也。

岐伯曰、此應四時者也、其病異形者、反四時也。其以秋病者、寒甚、以冬病者、寒不甚、以春病者、惡風、以夏病者、多汗。

帝曰、夫病温瘧與寒瘧、而皆安舍、舍於何藏。

岐伯曰、温瘧者、得之冬中於風寒、氣藏於骨髓之中、至春則陽氣大發、邪氣不能自出、因遇大暑、腦髓爍、肌肉消、腠理發泄、或有所用力、邪氣與汗皆出、此病藏於腎、其氣先從内出之於外也。如是者、陰虚而陽盛、陽盛則熱矣、衰則氣復反入、入則陽虚、陽虚則寒矣、故先熱而後寒、名曰温瘧。

寒瘧と温瘧の違いについても述べられている。ここで杜詩における具体的記述を見てみよう。

王生怪我顔色悪、答云伏枕艱難遍、瘧癘三秋孰可忍、寒熱百日相交戰。頭白眼暗坐有胝、肉黄皮皺命如線。

（「病後遇王倚飲、贈歌」）

四三歳（七五四年）の秋三か月間寒熱往来に苦しめられたことが解る。疾病史では特にこの年近辺に疫病流行の記述はないが、居住地の長安城南の秋に長雨があったという。[11] とすれば『素問』にあるように夏に暑邪（熱邪と異なり、暑邪は湿邪を内含する）に傷られたと言えよう。瘧論の「温瘧は冬に風寒に遇い、風寒気が骨髄中に蔵し、春になって陽気が大いに発すると、邪気が出て行くことが出来ないでいる。そこで大暑に遇うと、脳髄が爍《と》け、肌肉は消え、腠理は漏れる。」とある病態が妥当するのではなかろうか。貧窮により冬に寒邪に侵されたことは充分考えられるからである。

羈旅推賢聖、沈綿抵咎殃。三年猶瘧疾、一鬼不銷亡。隔日搜脂髓、增寒抱雪霜。徒然潛隙地、有靦屢鮮妝。

（「寄彭州高三十五使君適虢州岑二十七長史參三十韻」）

四八歳（七五九年）秋の作と『杜詩詳注』には有るが、前の詩と五年差とする仇兆鰲の説は、杜詩の「三年猶瘧疾」に合わない。化粧が瘧への対応策というのは面白い。ここでは悪寒が強いことが解る。七五五年以降は安禄山・史思明の乱が起こり、一層貧窮したというから、夏に寒邪に侵され（因遇夏氣淒滄之水寒）、秋に風邪に傷られ寒瘧となった可能性が示唆される。とすれば五年前の温瘧とは異なる疾病かも知れない。

有客有客字子美、白頭亂發垂過耳。歳拾橡栗隨狙公、天寒日暮山谷裡。中原無書歸不得、手腳凍皴皮肉死。

（「乾元中寓居同谷縣、作歌七首」）

また五三歳（七六四年）の時に旧友達の死を悼んだ詩「哭台州鄭司戸蘇少監」にも瘧字が見られる。

瘧病餐巴水、瘡痍老蜀都。飄零迷哭處、天地日榛蕪。

さらに、三年後の五六歳（七六七年）春作といわれる詩がある。

峽中一臥病、瘧癘終冬春。春復加肺氣、此病蓋有因。（「寄薛三郎中據」）

冬を経て春に至る間、瘧に悩まされ、さらに肺気を加えたという。「肺気」は生理的用語であり、病理用語としての用例は『黄帝内経』（一般には『素問』＋『霊枢』を云う）を初めとする医学古典には見られない。一般に解されているような単に肺疾を言うのではなく、「肺瘧」と見なすべきではなかろうか。『諸病源候論』巻十一「瘧病候」に以下の記述が見られる。

肺病為瘧（者）、乍來乍去、令人心寒、寒甚則熱發、善驚、如有所見、此肺瘧證也。若人本來語聲雄、恍惚爾不亮、拖氣用力、方得出言、而反於常人、呼共語、直視不應、雖曰未病、勢當不久。此即肺病聲之候也。察（病）觀疾、表裏相應、依源審治、乃不失也。

実に一三年の長きにわたり瘧病に悩まされたことになる。異常な長さと言うべきであり、杜甫が云う瘧が本来的意味に於ける伝染病であるのか疑問が残る。そこで積年癒えざる瘧について調べたところ、同じ『諸病源候論』巻十一にいくつかの関連すると思われる瘧候が見られる。まず「勞瘧候」は以下のように記す。

凡瘧積久不差者、則表裏俱虛、客邪未散、真氣不復、故疾雖暫間、小勞便發。

次いで「久瘧候」として以下を言う。

夫瘧皆由傷暑及傷風所為、熱盛之時、發汗吐下過度、府藏空虛、榮衛傷損、邪氣伏藏、所以引日不差、故仍休作也。夫瘧歲歲發至三歲發、連日發不解、脇下有否、治之不得攻其否、但得虛其津液、先其時發其汗、服湯、先小寒寒者、引衣自溫覆、汗出小便自引、利即愈也。

より具体的に『外台秘要方』では勞瘧について次のように記す。

烏梅丸治寒熱勞瘧、形體羸瘦、痰結胸中、食飲減少、或因行遠、久經勞役、患之積年不瘥方。

いずれにしろ表裏倶に虚であり、臟腑虚損、営衛損傷状態でなければ、杜詩が言うように長期にわたり瘧が継続することはあり得ず、杜甫の健康状態には非常に問題であったことが解る。それでは以下に、何故杜甫の健康が損なわれるに至ったのかを考えていきたい。

二　先天の生命力――「腎」の盛衰

「進封西嶽賦表」に「少小多病」と有ることから、杜甫は幼児期虚弱であったことが分かる。幼児期の身体状況に影響するのは両親から与えられた生命力、つまり「先天の本」と称される「腎」である。『素問』上古天眞論篇第一に以下の条文がみられる。

丈夫八歳、腎氣實、髮長齒更、二八腎氣盛、天癸至、精氣溢寫、陰陽和、故能有子、

八歳以下の乳幼児はまさに親がかりである。そこで問題になるのは両親のことである。父親（杜閑）は杜甫誕生時に三〇歳であり、天宝一〇年（杜甫四〇歳）には未だ生存していたと考えられている[12]ので七〇歳以上の寿命であったと考えられ、腎の力（腎精）に問題はない[13]。一方母親（崔氏）は若死にし、姑に育てられた（黄鶴語）と記されており、それは杜甫が六、七歳前のこと（聞一多語）といわれることから、母親の腎気は弱かったことが[14]

示唆される。これが杜甫の腎気が弱かった大きな原因であろう。杜甫には弟が四人（頴、観、豊、占）、妹が一人（韋氏に適《とつ》ぐ）いたとされるが、(15)(16)すぐ下の頴と杜甫は同じ母という説と、(17)杜甫以外は別の母とする説がある。(18)杜甫と頴が同じ母とすれば、可能性として考えられることは頴の妊娠・出産に関わるトラブルで、母が一層腎を傷つけ死期を早めたことである。

また杜甫晩年五五歳以降の詩に見られるように、杜甫に若い妾が居たとする説を勘案すれば、(19)当然示唆されるように、老齢にはふさわしくない過剰な性生活（子供が数人いたことからも解る）が一層腎を傷つけた可能性も否定できない。『金匱要略』血痺虚労病脉證并治第六には以下のようにある。

夫失精家、少腹弦急、陰頭寒、目眩、髪落、脉極虚芤遅、爲清穀亡血失精。

そしてこの杜甫の先天の腎精不足、晩年の更なる傷腎は、ほぼ時期を同じくする大暦二（七六七）年、五六歳以降に悩まされる「聾」にも大きく関わってくる。関連する条文を注記する。(20)

更に上記した「髪落」のみならず「白髪」も腎と関わる。「髪は血の餘」とあるように、血の不足が髪の状態に影響することはあるが、根本的には腎と関連する。ここでも関連する条文を注記する。(21)

また「肺を病む」に類する詩句はいくつか見られ、肺と腎は母子関係（金生水）にあるが、いずれも晩年五三歳以降の詩であり、肺病のために子である腎を損ねたと考えることは出来ない。肺疾が晩年と云うことは逆に子が親に仇なす「相侮関係」により、腎精不足が肺に影響したと見なすか、或いは後天的な要因（後述）が原因となったと考えるべきであろう。

才能に恵まれながら、思うように官吏に登用されず、不遇のうちに一生を終えたと総括される杜甫の人生であるが、更に心身状態を悪化させた生活習慣上の問題を指摘したい。

三　後天的な病因

本題に入る前に中国医学の病因観を整理する。病因は、気候などの外的環境（外因）と、種々の感情の乱れ（内因）、さらに飲食や性生活の不摂生など（不内外因）の三つに大別する。

外因として風、暑、熱、寒、湿、燥の六種の邪を考え、本来の時季にそぐわない場合や、時季に適していてもその程度が過剰である場合に病因になると考え「六淫」と呼ぶ。速やかに流れる風の性質を持つと考えられる風《ふう》邪《じゃ》は、その速やかな伝播力により広がり重篤化し、同時に全身あちこちに移動し、更に他の湿邪や寒・熱邪などと結合し、一層複雑な病態を呈するようになる。杜甫の場合、外因の中で特に問題となるのは「船上生活の継続」である。当然ながら湿邪の侵襲を受け、それが夏季には暑邪が絡み、冬には寒邪が絡むことになる。さらに江南の地は一層暑湿邪が多く、また成都は秦嶺山脈の雪解け水が流れ込むため温暖気候といわれる割には寒湿邪が発生することも多く、後世においては「中医火神派」と呼ばれる、附子などの温熱薬を多用する独特の医学を生み出している。

内因である感情は、喜、怒、憂、悲、驚、思、恐の七種（「七情」）に整理統合した。日常的に感情の乱れは常に起こるものであるが、それが非常に深いものであったり、長期持続する場合に病因となると考え「七情内傷」と呼ぶ。それぞれの感情は関連する臓腑が決まっており、腎は恐れと深く関わる。

不内外因で特に問題となるのは飲食の不摂生であり、杜甫の場合は飲酒と喫茶が挙げられる。肺・脾（胃）・腎という水分の処理・排泄（汗、大便、小便）を行う臓腑の処理能力以上に摂取すれば、体内に湿邪を生じることになる。さきに述べた外因の六淫により症状が誘発されるためには、基本的に体内にその邪と感応する同じ邪の存在が必要である。例えば雨模様になると喘息の発作が起きる人は、体内に湿邪が多いことを示しており、冷房や冬の寒さで関節痛を発症する人は、裏寒（陽気の欠乏状態）を背景にする寒邪が内在していることの証明になる。

腎精の消長に直接関係する性生活の養生は、生命力の根本（元気＝原気＝真気）に影響すると云え、杜甫はこの点に於いて問題があった可能性については上記した。また同じく腎精を傷つける原因として過労が挙げられるが、過労には当然の事ながら種々のストレスが絡み、七情内傷による相当する臓腑も傷害される（例　怒―肝、悲―肺など）。従って継続的に心身の過労状態が続けば腎のみならずいくつかの臓腑が傷つき、それが相生・相克・相乗・相侮などと称される臓腑相関により影響を受け、結局多くの臓腑が傷害されることになる。このことを踏まえて杜甫の性格分析を試みたい。

根本に腎精（腎気）の脆弱があり物事に恐れを感じやすかったと思われる。また腎と相生（＝母子）関係にある肝・胆は、母である腎の援助を十分に受けられないために気血が不足しがちになり、肝の気血不足により些細なことでイライラし怒りっぽくなり、一方で気落ちしやすくなる。胆気不足は胆怯と呼ばれる病態を起こし、驚きやすく怯えやすくなる。また腎は、その働きを調整するべき（相克）関係にある心《しん》を十分コントロールし得ないために、心火上炎という病態になり、過剰に喜びやすくなり、熟睡が出来ず夢が多くなる。このように種々の点から情緒的に不安定であることは、別の見方をすれば感性が鋭く芸術家としての才能に恵まれることになったと云えよう。

後天的な悪化要因を以下に考える。まず若年より始まった飲酒を取り上げる。

九齢書大字、有作成一嚢。性豪業嗜酒、嫉悪懐剛腸。(「壮遊」)

唐代の酒は既に世界初の蒸留酒(焼酎、白酒)が作り出されていた。[22] だが「濁酒」(「登高」他)という表現があることから、醸造酒も飲んでいたと思われる。晩年まで飲酒していたことは五九歳(七七〇年)の作である「迴棹」に酒器である小瓶、大瓶が舟に満ちている(瓶罍易満船)とあることからも解る。

また次に問題となるのは喫茶習慣である。詩にもたびたび詠っている(「重過何氏五首」「寄讃上人」「進艇」「迴棹」)。上記した如く水分の摂取過多は身体に痰飲・湿邪を生じる。人体を構成している気・血・津液は相互に関連を有する物質(機能)として考えられ、気の流れは気滞、気鬱、気逆、気陥などの病態を、また血の異常は瘀血、血瘀を、そして津液の流れの異常は痰、飲、湿、水などと称される病態を引き起こす。飲酒・喫茶習慣と密接に関連するのは痰飲であるが、それに関する歴史的な考察は既に発表してある。[23] 痰飲の発生に内因(七情内傷)、外因(六淫)、不内外因(飲食不節、嗜欲無度)が関連するとする説は、『三因極一病証方論』(宋一一七四年、陳無鐸)巻之十痰飲・痰飲敘論にまとめられている。

人之有痰飲病者、由榮衛不清、氣血敗濁凝結而成也。内則七情泊亂、臟氣不行、郁而生涎、涎結為飲、為内所因：外有六淫侵冒、玄府不通、當汗不泄、蓄而為飲、為外所因：或飲食過傷、嗜欲無度、叫呼疲極、運動失宜、津液不行、聚為痰飲、屬不內外因。三因所成、証狀非一、或為喘、或為咳、為嘔為泄、暈眩嘈煩、忪悸□、寒熱疼痛、腫滿攣癖、癃閉痞膈、如風如癲、未有不由痰飲之所致也。

ここに記されているように、杜甫の多くの疾病の病因として痰飲は重要な働きをしていたと考える。もちろん多年にわたる窮乏に依拠する不十分な摂食、戦乱などによる逃避生活、更には怒り、懼れ、悲しみなどの心的ストレスが状態悪化に拍車を掛けたことは間違いないであろう。関連する詩句を注記する。[24]

四　医学用語の考察

杜詩に見られる「臂偏枯」と「関鬲」の病態・用語について考察する。

(1)　臂偏枯

此身飄泊苦西東、右臂偏枯半耳聾。……風水春來洞庭闊、白蘋愁殺白頭翁。(「清明二首」)

「臂」とは上腕である。偏枯については諸書に解説が見られるが[25]、杜甫と関連が深く病態を把握しやすい条文を提示する。まず『霊枢』熱病第二十三の条文。

偏枯、身偏不用而痛、言不變、志不亂、病在分腠之間、巨鍼取之、益其不足、損其有餘、乃可復也、痱之爲病也。身無痛者、四肢不收、智亂不甚、其言微知、可治。甚則不能言、不可治也。病先起于陽、後入于陰者、先取其陽、後取其陰、浮而取之。

『諸病源候論』巻三虚勞諸病上・虚勞偏枯候には以下の通り。

夫勞損之人、體虚易傷風邪、風邪乘虛、客於半身、留在肌膚、未即發作因飲水、水未消散、即勞於腎。風水相搏乘虛、偏發風邪、留止血氣不行、故半身手足枯細、為偏枯也。

過労により腎虚になっていることに乗じて、風（湿）邪が侵襲した結果である。少なくとも言語・精神・知能の乱れはないと思われることから偏枯としても軽症であろう。もちろんいわゆる「中風」ではなく、強いて言えば五十肩の類であろう。

ところが杜詩「曉發公安（數月憩息此縣）」の

出門轉眄已陳跡、藥餌扶吾隨所之

の『杜律詳解』（津阪東洋、一八三五年刊行）の注に、「これは杜甫が痱の病のため半身不随になり薬餌が必要なこと」を言うとある。そこで「痱」病について調べたところ、『諸病源候論』巻一風痱候に以下の条文がある。

風痱之狀、身體無痛、四支不收、神智不亂、一臂不隨者、風痱也。時能言者可治、不能言者不可治。

津阪の注は一部誤認があるものの、まさに上記した臂偏枯は風痱という病名でもあることが解った。しかし更に『外台秘要方』などを調べると、後代においては「中風痱」として用いられ、津阪が言うような半身不随（＝中風）と混同されるようになったようである。

（２）関鬲について

衰年關鬲冷、味暖並無憂。（「秋日阮隱居致薤三十束」）

関鬲は関格、関膈とも書かれる病名であるが、時代と共にその概念が大きく変化した。(26)「関格」の意味は一般的な辞書においても、①大小便不通＋嘔吐、②脈状の一種、或いは、③『素問』などに見られる中医学の述語というように認識されている。

しかし後漢代以前においては『黄帝内経』に見られる如く、「内外陰陽否絶の候」を意味し瀕死の証であったのに、『傷寒論』以降においては治療可能な疾患に概念が変わってきた。更に変遷を経て、唐代『外台秘要方』では関格の病として二便不通に腹痛を伴う病態が提示されており、病因として風寒の冷気を挙げている。ただ同書の別の巻における記述を見ると、関格は膈（＝横隔膜）における気の流れの状態（痞塞により上焦に気が逆上すること）、強いて言えば膈の働きを指している。上記の杜詩もこの後者の用例に基づくものと思われる。

五　薬物と関連事項

（1）「乾元中寓居同谷縣」に記された黄精について

歳拾橡栗隨狙公、天寒日暮山谷裡。中原無書歸不得、手腳凍皴皮肉死。……黄精無苗山雪盛、短衣數挽不掩脛。（「乾元中寓居同谷縣、作歌七首」）

現代中薬学で黄精の帰源植物とされるのは三種有る。黄精 Polygonatum sibiricum Delar. ev Redoute と多花黄精 P. cyrtonema Hua と滇《てん》黄精 P. kingianum Coll. et Hamsl.（図1）であるが、『植物名実図考』（呉《ご》其《き》濬《しゅん》、一八四八年）に記載されている黄精は、その図から判断して多花黄精と滇黄精であり、古代の黄精としては滇黄精の可能性が考えられている。[27]

薬史学上、黄精は『名醫別録』に初めて記載されている。

味甘、平、無毒。主補中益氣、除風濕、安五臟。久服輕身、延年不飢。一名重樓、一名菟竹、一名雞格、一名救窮、一名鹿竹。生山谷、二月采根、陰乾。

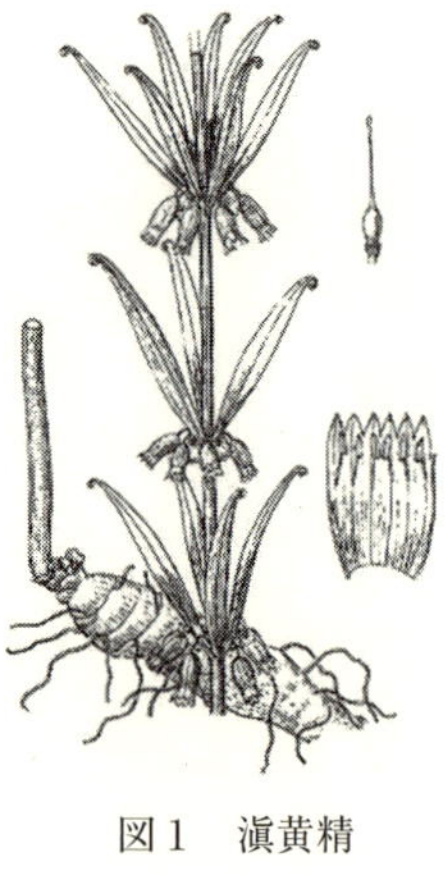

図1　滇黄精

道教系の生薬との認識もある（実際道教系の『道蔵神仙芝草經』にも記載がある）が、日常我々が治療に用いる生薬である。『名醫別録』の記述には「二月采根、陰乾。」とあるが、現代中薬学の本には、「いずれの黄精も生薬部分の根茎採取時期は九—十月」とある。(28) 古代と帰源植物が異なる可能性を考え更に調べたところ、『中華人民共和国薬典』には「春、秋二季採挖《あつ》」とあり良しとした。黄精は現在では栽培されており、芽の付いた根茎を秋に植え、三年経過後の秋に掘り出すことが一般である。杜詩中の「黄精」は黄精であったとしても矛盾はないことになる。

　ところが黄精は「黄獨」の誤りとする説が有る。この説は北宋・黄庭堅が積極的に推し進めたという。そしてこの詩は専ら「救飢」を言うのだから山芋の一種である黄獨が正しいとして『杜詩詳注』もこれに従う。蘇東坡は黄精を正しいとし、また杜甫はしばしば薬草栽培・採集して販売して利を得ていたのだから、薬草である黄精が正しいとする説もある。(29) しかし山芋（生薬名　山薬＝薯蕷）、蓮（＝藕）や薤白も野菜でありながら、日常用いる立派な生薬である。野菜と生薬の区別はないと云える。先ず杜詩を見、次いで『神農本草経』の記述を見よう。

　充腸多薯蕷、崖蜜亦易求。（「發秦州（乾元二年自秦州赴同谷縣紀行）」）

　薯蕷　味甘、溫、平、無毒。主傷中、補虛羸、除寒熱邪氣、補中、益氣力、長肌肉、面游風、風頭眼眩、下氣、止腰痛、補虛勞羸瘦、充五臟、除煩熱、強陰。久服耳目聰明、輕身不飢、延年。一名山芋、秦楚名玉延、鄭越名土藷。生嵩高山谷。二月八月采根、曝乾。

　蜜蠟　味甘、微溫、無毒。主下痢膿血、補中、續絶傷金瘡、益氣不飢、耐老。

　石蜜（果部）味甘、寒、無毒。主心腹熱脹、口乾渴。性冷利、出益州及西戎、煎煉沙糖為之、可作餅塊、黄白色。

棘樹寒雲色、茵蔯春藕香。（「陪鄭廣文遊何将軍山林十首（山林在韋曲西塔陂）」）

藕實莖　一名水芝丹、味甘平、生池澤、補中養神、益氣力、除百疾、久服輕身耐老、不飢延年、
甚聞霜薤白、重惠意如何。（「佐還山後寄三首」）

薤　治金創創敗、輕身不飢耐老、

さて「黄獨」だが『杜詩詳注』の注に用いられている文章の出典は非常に複雑である。

「状如芋子、肉白皮黄」は『本草経集注』（五〇〇年頃成）の著者である陶弘景（隠居）の引用文、「蔓延生、葉似蘿摩」は『本草図経』（または『嘉祐図経本草』、按蘇頌、一〇五八—一〇六一年）の引用文と思われるが、これらは実は『証類本草』（一一〇〇年頃、唐慎微）「赭魁」の項に見られる条文であり、本書に「黄獨」の項はない。さらに「梁漢人蒸食之」は赭魁の項では「陶所説者、乃土卵爾。不堪薬用、梁漢人名為黄獨、蒸食之。非赭魁也」と記され、黄濁と赭魁（薯蕷科植物薯莨 Dioscorea cirrhosa Lour、の塊茎）は別の植物と明記されている（全文を注記）(30)。


このように黄獨と赭魁は別の植物と云うことになるので、黄獨を検索したが、薬名では『中華本草』（最大の本草書、上海科学技術出版社、全一〇冊、一九九九年）や『全国中草薬名鑑』（全国中医研究院中薬研究所、人民衛生出版社、一九九六年）にも見つからなかったが、『中薬大辞典』（上海人民出版社、一九七七年）に起源植物名として見出せた。生薬名は「黄薬子」（薯蕷科植物・黄獨 Dioscorea bulbifera L、の塊茎）である。黄薬は黄薬根として『開宝本草』（九七三年）に初載の生薬である。『証類本草』黄薬の項を見る（全文は注記(31)）。ここで云う「子」と

は根である。

根味苦、平、無毒。主諸悪腫瘡瘻、喉、蛇犬咬毒。取根研服之。…図経曰黄薬根、生嶺南、今夔、峡州郡及明、越、秦、隴州山中亦有之、以忠、万州者爲勝。藤生、高三、四尺、根及莖似小桑、十月采根。

ところが歴代の本草書の記載する黄薬子の帰源植物には混乱があり、現在我々が用いる黄薬子は黄獨の塊茎であり、甲状腺ガンなどに用いるが、小毒があり使用薬量が制限されており、食品としての使用は考えにくい。夏末から初冬に採掘する。

さらに『植物名実図考』の黄薬子の記述を見ると、『救荒本草』（朱橚撰、一四〇六年）を引用し「酸桶笴即此。湖南謂之酸杆」とある。そこで酸桶笴・酸杆を調べると、「虎杖」の異名であることが解った。虎杖は蓼科植物虎杖 Polygonum cuspidatum Sieb. et Zucc.（図2）の根茎及び根である。興味深い点はこの生薬の効能に「治風湿筋骨疼痛」があり、杜甫が自分のために用いた可能性も示唆されることである。

また滇南には別の黄薬があり、山薯に形が類似している。これは湖南で野山薬や白薬子と呼ばれるもので、生薬名：穿山龍（穿龍薯蕷 Dioscorea nipponica Makino と柴黄姜 D. nipponica Makino subsp.、rosthornii の根茎、図3）である。

図2　虎杖

図3　穿龍薯蕷

この生薬は無毒であり、その効能には風湿痺痛、肢体麻木とならんで瘧疾が挙げられている。湖南や四川で採集でき、春に採挖《あつ》する。一般に山芋といわれる山薬（薯蕷科植物山薬 D. opposita Thumb. の塊茎）と近縁である。杜詩に詠われたのはこの植物の可能性が高いと思われる。

（2）寒食散と丹について

一般に杜詩に詠われている「寒食」は、『荊楚歳時記』にある「冬至後百五日で、風雨が強いことが多い時期、清明の二日前」という暦上の詞とされている。しかし「轉蓬憂悄悄、行藥病涔涔」（「風疾舟中伏枕書懐三十六韻、奉呈湖南親友」）[32]に見られる「行薬」が寒食散服用後の発散のための散歩を意味すると解すれば寒食の意味が変わってくる。文献上「行薬」を上記の意味で用いた詩文は他にも散見される。[33]

魏晋南北朝以来、士太夫階級などに服用が流行した「寒食散」（「五石散」はその一種）に関しては、既に詳細な研究が為されている。[34][35] 寒食散に関する記述は『医心方』に詳しい。巻第十九・服石節度第一の記述は以下の通り。

許孝崇論云　凡諸寒食草石藥皆有熱性、發動則令人熱。便須冷飲、食冷、將息。故稱寒食散。服藥恒欲寒食、寒飲、寒衣、寒臥、寒將息、則藥氣行而得力。若將息熱、食熱飲、著熱衣、眠臥處熱、藥氣與熱氣相并壅結於脈中、則藥勢不行發動、能生諸病、不得力、只言是本病所發、不知是藥氣使然。病者又不知是藥發動、便謂他病。不知救解、遂致困劇。然但曾經服乳石藥、人有病雖非石發、要當須作帶解石治也。

このように日常生活上の注意点も詳細に記されている。興味深いことに寒食散には草薬と石薬の二種があることが分かる。ただ時代・時期によりその内容は変化していた可能性も示唆されており、しかも『金匱要略』に示唆しうる処方が記載されている。石薬を主とする方剤である「紫石寒食散方」と、草薬を主とする方剤である「侯氏黒散」(36)である。ただいずれの処方も急性・慢性の中毒を引き起こすような薬物は含まれていない。強いて云えば「炮附子」であろうが、服用薬量から考えてさほど問題になるとは思えない。水銀や鉛・ヒ素などの危険な重金属を含めば、当然死に至る危険も高まるが、これらの処方には見られない。ただ『抱朴子』などに見られる「紫金丹」(37)や、「丹砂（硫化水銀）」を杜甫が繰り返し詠うことから考えて、唐宋代に流行しより重篤な被害をもたらす「丹薬」をも使用していた可能性も考えるべきである。

更に寒食散服用と飲酒の関連が説かれている点は、杜甫の酒好きとの関わりから興味深い。『諸病源候論』巻六寒食散發候に見られる以下の条文である。

凡服藥者、服食皆冷、唯酒冷熱自從。或一日而解、或二十餘日解、常飲酒今體中醺醺不絕、當飲醇酒、勿飲薄白酒也。

更に検討すべきは寒食散を服用し続けた場合に如何なる副作用症状が現れるかである。詳細は注記(38)するとして、『医心方』に見られる種々の副作用の中で杜詩に関連が見出しうる症状は「齦腫、唇爛齒牙搖動」「咽中痛、鼻塞、清涕出」「眩冒欲蹶」「口復傷、舌強爛燥、不得食」「偏臂脚急痛」「體上生瘡。身體發癰瘡堅結」「夜不得眠」「發熱。坐熱氣盛」である。上記のように種々の寒食散による副作用と杜詩との関連が考えられる以上、杜甫が寒食散を服用していた可能性は高い。そして最も問題とすべき副作用は「得温瘧坐犯熱所為也」であろう。既に瘧に関しては記し、その期間の異常な長さは常識的な感染症としては理解しがたいことも述べた。当初の瘧症状は感染によるものであった可能性を否定は出来ないが、五〇歳前後以降の瘧は寒食散による副作用であった可能性が高いと云えよう。

六　ま　と　め

（1）杜詩に基づき、杜甫の病態と関連するいくつかの生薬について論考した。
（2）母親から受け継いだ先天の生命力が弱く、後天的な不摂生と相まって生命力の根本である「腎精」は乏しく虚弱であり、様々な傷害の原因となったと思われる。
（3）長期にわたる飲酒、喫茶習慣による内的な湿邪の溜まりが考えられる上に、更に頻回の舟上生活、暑湿の気候である江南地区での生活などによる外環境での多湿が重なり、結果として両者が反応し合うことにより様々な障害を引き起こしたと考えられる。
（4）寒熱往来する「瘧」に異常に長期間悩まされているが、当初は感染によるものであったかも知れないが、五〇代前後以降は服石（寒食散など）による副作用であった可能性を示唆した。
（5）「臂偏枯」「関鬲」について考察した。
（6）黄精の帰源植物について考察し、黄精としては「滇黄精」の可能性を挙げた。また黄獨としては「穿山龍」もしくは「虎杖」を示唆した。

（7）杜甫が「寒食散」や「丹薬」を服用していた可能性について論及した。

註

（1）菅谷軍次郎「杜甫の最後について」『斯文』二八、五一―六一頁、一九六〇年。
（2）中国中医研究院主編『中国疫病史鑑』（中医薬防治 SARS 研究一）一〇二―一一五頁、中医古籍出版社、二〇〇三年（北京）。
（3）林富士『疾病終結者』二四頁、三民書局、二〇〇三年（臺北）。
（4）安田喜憲『気候と文明の盛衰』二七四―二七六頁、朝倉書店、一九九〇年。
（5）中国中医研究院主編『中国疫病史鑑』（中医薬防治 SARS 研究一）、三一八頁。
（6）林富士、前掲書、二七頁。
（7）王邨編著『中原地区歴史旱癧気候研究和預測』一四―二八頁、気候出版社、一九九二年（北京）。
（8）王邨編著、前掲書、五頁。
（9）王邨編著、前掲書、一四―一五頁、一七頁。
（10）王邨編著、前掲書、二〇―二一頁。
（11）鈴木虎雄、黒川洋一訳注『杜詩　第八冊』一五一頁、岩波文庫、一九七八年。
（12）馮至『杜甫傳』八頁、人民文学出版社、一九八〇年（北京）。
（13）陳貽焮『杜甫評伝』（上巻）二〇頁、北京大学出版社、二〇〇三年。
（14）陳貽焮、前掲書、二一頁
（15）陳貽焮、前掲書、二三頁
（16）黒川洋一『杜甫の研究』四五一―四六三頁、創文社、昭和五二年。
（17）陳貽焮『杜甫評伝（上巻）』二三頁
（18）黒川洋一、前掲書、四六三頁
（19）黒川洋一、前掲書、四三八―四四五頁。
（20）関連する条文は例えば以下のようなものである。

『素問』陰陽應象大論篇第五、
北方生寒、寒生水、水生鹹、鹹生腎、腎生骨髓、髓生肝、腎主耳、
『霊枢』脉度第十七、
腎氣通于耳、腎和則耳能聞五音矣、
『備急千金要方』房中補益第八
男女各息意共存思之、可猛念之。御女之法能一月再泄、一歳二十四泄、皆得二百歳、有顏色、無疾病、若加以藥、則可長生也。人年二十者、四日一泄、三十者八日一泄、四十者十六日一泄、五十者二十日一泄、六十者閉精勿泄、若體力猶壯者、一月一泄。凡人氣力自有強盛過人者、亦不可抑忍、久而不泄、致生癰疽。若年過六十、而有數旬不得交合、意中平平者、自可閉固也。

(21)『素問』上古天眞論篇第一を見てみよう。
(丈夫)五八腎氣衰、髮墮齒槁、六八陽氣衰竭於上、面焦、髮鬢頒白、七八肝氣衰、筋不能動、天癸竭、精少、腎藏衰、形體皆極、八八則齒髮去、腎者主水、受五藏六府之精而藏之、故五藏盛乃能寫、今五藏皆衰、筋骨解墮、天癸盡矣、故髮鬢白、身體重、行歩不正、而無子耳、
『素問』六節藏象論篇第九の記述は、
腎者、主蟄封藏之本、精之處也、其華在髮、其充在骨、爲陰中之少陰、通於冬氣、
『素問』五藏生成論篇第十では、
腎之合骨也、其榮髮也、其主脾也、……多食甘、則骨痛而髮落、此五味之所傷也、
『霊枢』經脉第十では、
黄帝曰、人始生、先成精、精成而腦髓生、骨爲幹、脉爲營、筋爲剛、肉爲墻、皮膚堅而毛髮長、穀入于胃、脉道以通、血氣乃行、
『霊枢』天年第五十四にも、
四十歳、五藏六府、十二經脉、皆大盛以平定、湊理始疏、榮華頽落、髮頗班白、平盛不搖、故好坐、

(22)程爵棠『中国薬酒配方大全』三頁、人民軍医出版社、一九九七年(北京)。

（23）小髙修司「「痰飲」考」『漢方の臨床』四五（11）五八九―五九七頁、一九九八年。
（24）以下に列記する。

神傾意豁真佳士、久客多憂今癒疾。（「相逢歌贈嚴二別駕（一作嚴別駕相逢歌）」）

將老憂貧窶、筋力豈能及。征途乃侵星、得使諸病入（「早發射洪縣南途中作」）

吾老抱疾病、家貧臥炎蒸。（「棕拂子」）

女病妻憂歸意速、秋花錦石誰復數。別家三月一得書、避地何時免愁苦。（「發閬中」）

今忽暮春間、值我病經年。身病不能拜、涙下如迸泉。（「杜鵑」）

臥愁病腳廢、徐步視小園。（「客居」）

舊疾甘載來、衰年得無足。（「客堂」）

抱病排金門、衰容豈為敏。（「贈鄭十八賁（雲安令）」）

自從相遇感多病、三歳為客寬邊愁。堯有四岳明至理、漢二千石真分憂。（「寄裴施州（裴冕坐李輔國貶施州刺史）」）

濁醪與脫粟、在眼無咨嗟。山荒人民少、地僻日夕佳。貧病固其常、富貴任生涯。（「柴門」）

涕涙濺我裳、悲氣排帝閽。鬱陶抱長策、義仗知者論。吾衰臥江漢、但愧識與璠。（「貽華陽柳少府」）

多病紛倚薄、少留改歳年。……且為辛苦行、蓋被生事牽。（「贈李十五丈別（李秘書文嶷）」）

太陽信深仁、衰氣欻有托。欹傾煩注眼、容易收病腳。……胡為將暮年、憂世心力弱。（「西閣曝日」）

衰老自成病、郎官未為冗。（「晩登上堂」）

肺萎屬久戰、骨出熱中腸。（「又上後園山腳」）：病咳而身戦に連なる也（仇注）。（寒熱時に交戦）肉痩せ骨が露わに、熱が腸にあたる。

我衰易悲傷、屈指數賊圍。（「甘林」）

憂憤病二秋、有恨石可轉。（「八哀詩。故秘書少監武功蘇公源明」）

大軍載草草、凋瘵滿膏肓。備員竊補袞、憂憤心飛揚。上感九廟焚、下憫萬民瘡。斯時伏青蒲、廷爭守御床。君辱敢愛死、赫怒幸無傷。聖哲體仁恕、宇縣復小康。哭廟灰燼中、鼻酸朝未央。小臣議論絶、老病客殊方。鬱鬱苦不展、羽翮困低昂。（「壯遊」）

莫怪執杯遲、我衰涕唾煩。（「別李義」）
我甘多病老、子負憂世志。胡為困衣食、顏色少稱遂。遠作辛苦行、順從眾多意。（「送顧八分文學適洪吉州」）
歎我淒淒求友篇、感時鬱鬱匡君略。（「追酬故高蜀州人日見寄」）
恕己獨在此、多憂增內傷。（「入衡州」）
吾非丈夫特、沒齒埋冰炭。恥以風病辭、胡然泊湘岸。入舟雖苦熱、垢膩可溉灌。（「舟中苦熱遣懷、奉呈陽中丞通簡台省諸公」）
多病所須唯藥物、微軀此外更何求。（「江村」）
多病獨愁常闃寂、故人相見未從容。（「暮登四安寺鐘樓寄裴十（迪）」）
遠尋留藥價、惜別到文場。入幕旌旗動、歸軒錦繡香。時應念衰疾、書疏及滄浪。（「魏十四侍御就弊廬相別」）
臥病荒郊遠、通行小徑難。故人能領客、攜酒重相看。自愧無鮭菜、空煩卸馬鞍。移樽勸山簡、頭白恐風寒。（「王竟攜酒、高亦同過、共用寒字」）
種藥扶衰病、吟詩解嘆嗟。（「遠遊」）
萬裡悲秋常作客、百年多病獨登台。艱難苦恨繁霜鬢、潦倒新停濁酒杯。（「登高」）
不須吹急管、衰老易悲傷。（「陪王使君晦日泛江就黃家亭子二首」）
氣衰甘少寐、心弱恨和愁。（「不寐」）
高秋蘇病氣、白發自能梳。藥餌憎加減、門庭悶掃除。（「秋清」）
江濤萬古峽、肺氣久衰翁。（「秋峽」）
衰年肺病唯高枕、絕塞愁時早閉門。（「返照」）
衰年正苦病侵凌、首夏何須氣鬱蒸。（「多病執熱奉懷李尚書（之芳）」）
魯鈍乃多病、逢迎遠復迷。耳聾須畫字、發短不勝篦。（「水宿遣興奉呈群公」）
衰年病只瘦、長夏想為情。（「江閣臥病走筆寄呈崔、盧兩侍御」）
途窮那免哭、身老不禁愁。（「暮秋將歸秦、留別湖南幕府親友」）
衰老悲人世、驅馳厭甲兵。（「奉送二十三舅錄事之攝郴州」）

(25)　本文中に提示した以外の条文を挙げる。
『素問』生氣通天論篇第三、
　有傷於筋、縱其若不容、汗出偏沮、使人偏枯、
『素問』陰陽別論篇第七、
　三陽三陰發病、爲偏枯痿易、四支不擧、
『素問』通評虛實論篇第二十八、
　凡治消癉仆擊、偏枯痿厥、氣滿發逆、肥貴人、則高梁之疾也、
『素問』風論篇第四十二、
　黄帝問曰、風之傷人也、或爲寒熱、或爲熱中、或爲寒中、或爲癘風、或爲偏枯、或爲風也、其病各異、其名不同、或内至五藏六府、不知其解、願聞其説、
『素問』大奇論篇第四十八、
　腎雍、脚下至少腹滿、脛有大小、髀胻大、跛易偏枯、
『霊枢』刺節眞邪第七十五、
　虛邪偏客於身半、其入深、内居榮衞、榮衞稍衰、則眞氣去、邪氣獨留、發爲偏枯、其邪氣淺者、脉偏痛、
『霊枢』九宮八風第七十七、
　犯其雨濕之地、則爲痿、故聖人避風、如避矢石焉、其有三虛、而偏中於邪風、則爲擊仆偏枯矣、
『諸病源候論』巻一風諸病上凡二十九門・賊風候
　賊風者、謂冬至之日有疾風從南方來、名曰虛風。此風至能傷害於人、故言賊風也。其傷人也、但痛不可得按抑、不可得轉動、痛處躰卒無熱、傷風冷則骨解深痛、按之乃應骨痛也。但覺身内索索冷、欲得熱物熨、痛處即小寛時、有汗久不去、重遇冷氣相搏、乃結成瘰癧及偏枯、遇風熱氣相搏乃變附骨疽也。
　巻一風諸病上・風偏枯候
　風偏枯者、由血氣偏虛、則腠理開受於風濕、風濕客於半身在分腠之間、使血氣凝濇、不能潤養、久不差、真氣去、邪氣獨留、則成偏枯。其狀半身不隨、肌肉偏枯小而痛、言不變智不亂是也。邪初在分腠之間、宜溫臥取汗益其不是損其有餘、乃

可復也。診其胃脈沈大、心脈小牢、急皆病偏枯、男子則發左、女子則發右、若不瘖舌轉者可治、三十日起、其年未滿二十者三歳死。又左手尺中、神門以后、脈足太陽經虚者、則病悪風偏枯、此由愁思所致、憂慮所為、其湯熨針石別有、正方補養宣導今附於后。

(26) 小高修司「「関格」名義変遷攷」『日本医史学雑誌』五五巻、五七—七五頁、二〇〇九年。

(27) 中華本草、第八巻、一四二頁。

(28) 中華本草、第八巻、一四二頁。

(29) 黒川洋一『杜甫の研究』四二〇—四三四頁

(30) 『証類本草』「赭魁」の条文。

赭魁：味甘、平、無毒。主心腹積聚、除三虫。生山谷。二月采。陶隠居云：状如小芋子、肉白皮黄近道亦有。唐本注云：赭魁、大者如斗、小者如升。葉似杜蘅、蔓生草木上。有小毒。陶所説者、乃土卵爾。不堪薬用、梁漢人名為黄獨、蒸食之。非赭魁也。臣禹錫等謹按蜀本『図經』云：苗蔓延生、葉似蘿摩、根若菝葜、皮紫黒、肉黄赤、大者輪困如升、小者若拳、今所在有之。据『本經』云無毒。而蘇云有小毒。又云陶説者、梁、漢人蒸食之。則無毒明矣。乃陶説為是也。陳藏器云：按土卵、蔓生、根如芋、人以灰汁煮食之、不聞有功也。

(31) 『証類本草』「黄薬」の条文。

黄薬：根味苦、平、無毒。主諸悪腫瘡瘻、喉、蛇犬咬毒。取根研服之、亦含亦涂。藤生、高三、四尺、根及茎似小桑、生嶺南。今附臣禹錫等謹按日華子云：黄薬、凉。治馬一切疾。図経曰黄薬根、生嶺南、今夔、峡州郡及明、越、秦、隴州山中亦有之、以忠、万州者爲勝。藤生、高三、四尺、根及茎似小桑、十月采根。秦州出者謂之紅薬子、葉似蕎麦、枝梗赤色、七月開白花、其根初采湿時紅赤色、暴乾即黄。開州興元府又産一種苦薬子、大抵与黄薬相類。主五臓邪氣、治肺圧熱、除煩躁、亦入馬薬用。春采根暴乾。又下有薬實根条云：生蜀郡山谷。蘇恭云：即薬子也。用其核仁『本経』誤載根字、疑即黄薬之實、然云生葉似杏、花紅白色、子肉味酸、此爲不同。今亦稀用、故附於此。孫思邈『千金月令』療忽生瘻疾一、二年者。以万州黄薬子半斤、須緊重者爲上。如軽虚、即是他州者、力慢、須用一倍。取無灰酒一斗、投薬其中、固濟瓶口。以糠火焼一復時、停騰、待酒冷即開。患者時時飲一盞、不令絶酒氣。経三、五日後、常須把鏡自照、覚消即停飲、不爾便令人項細也。刘禹錫『傳信方』亦着其效、云得之邕州従事張。目撃有效、復已試、其験如神。其方并同、有小異處、惟焼酒候香氣出外、瓶頭有津出即止、不待一宿、火仍不得太猛、酒有灰。【経験方治咯血。黄薬、漢防己各一両、為末。毎服一銭匕、水一盞、小麦二十粒同煎、食後温服。斗門方治瘰氣。用黄薬子一斤浸洗浄、酒一斗浸之。毎日早晩常服一盞。忌一切毒物及不得喜怒。但以纖子逐日度瘰、知其效。簡要濟衆治鼻衄不止。黄薬子為末。毎服二銭匕、煎薄胶湯下良久、以新汲水調面末一匙頭服之。又方傅瘡薬。黄薬子四両為末、以冷水調傅瘡上、乾即旋傅之。兵部手集治鼻衄出血、両頭不止、謂之血汗、王郎中得方：以新汲水摩黄薬子一碗、勿令絶稀、頓服立差。衍義曰黄薬、亦治馬心肺熱、有功。

(32) 陳貽焮『杜甫評伝』(下巻)一一六七頁、北京大学出版社、二〇〇三年。

(33) 寒食散服薬後の散歩による発散を意味すると思われる詩文を列記する。

恵士奇謂祝藥猶行藥、亦未知是否。萬人食此、若醫四五人得利焉、猶謂之非行藥也。(『墨子』非攻中第十八)。

病多晴日思行藥、睡少清宵學坐禪(陸遊詩全集巻2歳暮獨酌感懷)。

筍生遮道妨行藥、果熟團枝礙整冠。陸遊詩全集巻2新辟小園)

行藥來村北、觀魚立水邊(陸遊詩全集巻5遇術士飲以巵酒)

(34) 余嘉錫著『余嘉錫文史論集』一六六―二〇九頁「寒食散考」、岳麓書社出版、一九九七年(長沙市)。

(35) 坂出祥伸編『中国古代養生思想の総合的研究』一一六―一四三頁、赤堀昭著「寒食散と養生」一九八八年、平河出版社。

(36) まず雑療方第二十三に石薬を主とする方剤が見られる。

治傷寒令愈不復、紫石寒食散方。

紫石寒食散方　紫石英、白石英、赤石脂、鍾乳碓錬、括蔞根、防風、桔梗、文蛤、鬼臼各十分、太一餘粮十分、焼乾薑、附子炮・去皮、桂枝去皮、各四分、右十三味、杵為散、酒服方寸匕。

次いで中風歴節病脉證并治第五に、草薬を主とする(牡蛎と礬石を含むが)方剤が見られる。

侯氏黒散。治大風四肢煩重、心中悪寒不足者。

菊花四十分、白朮十分、細辛三分、茯苓三分、牡蠣三分、桔梗八分、防風十分、人參三分、礬石三分、黄芩五分、當歸三分、乾薑三分、芎藭三分、桂枝三分、

右十四味、杵為散、酒服方寸匕、日一服、初服二十日、温酒調服。禁一切魚肉大蒜、常宜冷食、六十日止、即薬積在腹中不下也。熱食即下矣、冷食自能助薬力。

(37) 多くの文献に見られるが、直近の宋代の記述は以下の通りで、いくつかの種類があったことが分かる。

『普済本事方』（宋、許叔微、一一四三年）

紫金丹 治多年肺氣喘急、咳嗽晨夕不得眠。

信砒（一钱半、研、飛如粉）豆豉（好者、一两半、水略潤少時、以紙浥干、研成膏）

右用膏子和砒同杵極匀、圓如麻子大。毎服十五圓、小児量大小与之、并用腊茶清極冷呑下、臨臥以知爲度。

有一親表婦人、患十年、遍求医者皆不效、忽有一道人貸此薬、漫贈一服、是夜減半。数服頓愈、遂多金丐得此方。予屡用以救人、恃爲神異。

紫金丹 治男子、婦人患食勞、氣勞、遍身黄腫、欲變成水腫、及久患痃癖、小腸膀胱、面目悉黄。

胆礬（三两）黄蜡（一两）青州棗（五十个）

右于瓷合内用頭醋五升、先下礬棗、漫火熬半日以来、取出棗去皮核、次下蜡一處、更煮半日如膏、入好腊茶末二两同和、圓如梧子大。毎服二三十圓、茶酒任下、如久患腸風痔漏、陳米飲下。

宗室趙彦才下血、面如蜡、不進食、盖酒病也。授此方服之、终剂而血止、面色鮮潤、食亦倍常。新安有一兵士亦如是、与三百粒、作十服、亦愈。

紫金丹『万金方』治十种水氣。

禹余粮（三两）針砂（五两、須是真者、市中所賣、多雑砂鉄屑、最宜揀擇。先用水淘洗極淨、控去水、更以銚子盛炒干、方同禹余粮一處用酸醋三升、就銚子内煮、醋干爲度、却并銚子入一秤炭火中焼二物、銚子炭火、一般通赤、淨掃磚地、傾薬地上候冷、一處研至無声、須極细如粉止。）

『太平恵民和剤局方』（一一四八年改名して刊行）

震霊丹（紫府元君南岳魏夫人方、出（道藏）、一名紫金丹）、此丹不犯金石飛走有性之薬、不僭不燥、奪造化冲和之功。大治男子真元衰憊、五勞七傷、臍腹冷疼、肢体酸痛、上盛下虚、頭目暈眩、心神恍惚、血氣衰微、及中風癱緩、手足不遂、筋骨拘攣、腰膝沉重、容枯肌痩、目暗耳聾、口苦舌乾、飲食無味、心腎不足、精滑夢遺、膀胱疝墜、小腸淋瀝、夜多盗汗、久瀉久痢、嘔吐不食、八風五痹、一切沉寒痼冷、服之如神。及治婦人血氣不足、崩漏虚損、帯下久冷、胎臟無子、服之無不愈者。禹餘粮（火煅、醋淬不計遍、以手捻得碎爲度）紫石英 赤石脂 丁頭代赭石（如禹餘粮炮制）、各四两已上四味、并作小块、入甘鍋内、塩泥固済、候乾、用炭一十斤煅通紅、火尽爲度、入地坑埋、出火毒、二宿。滴乳香（別研）五霊脂（去沙石、研）、没薬（去沙石、研）各二両 朱砂（水飛过）一両上件前後共八味、并爲细末、以糯米粉煮糊爲圓、如小雞頭大、晒乾出光。毎一粒、空心温酒下、冷水亦得。常服鎭心神、駐顔色、温脾腎、理腰膝、除户疰蠱毒、辟鬼魅邪癘。久服軽身、漸入仙道。忌猪、羊血、恐減薬力。婦人醋湯下、孕婦不可服。極有神效、不可尽述。

(38)

「齦腫、唇爛齒牙搖動」に関わる杜詩は以下の通り。

明眸皓齒今何在、血污遊魂歸不得。（哀江頭）
投杖出門去、同行為辛酸。幸有牙齒存、所悲骨髓幹。（垂老別）
當期塞雨幹、宿昔齒疾瘳。裴回虎穴上、面勢龍泓頭。（寄贊上人）
一朝被馬踏、唇裂版齒無。壯心不肯已、欲得東擒胡。（戲贈友二首）
男兒生無所成頭皓白、牙齒欲落真可惜。（莫相疑行）
翻然出地速、滋蔓戸庭毀。因知邪幹正、掩抑至沒齒。（種萵苣）
君不見夔子之國杜陵翁、牙齒半落左耳聾。（複陰）
齒落未是無心人、舌存恥作窮途哭。（暮秋枉裴道州手劄）
吾非丈夫特、沒齒埋冰炭。恥以風病辭、胡然泊湘岸。入舟雖苦熱、垢膩可溉灌。痛彼道邊人、形骸改昏旦。（舟中苦熱遣懐）
赤管隨王命、銀章付老翁。豈知牙齒落、名玷薦賢中。（春日江村五首）
幾杖將衰齒、茅茨寄短椽。灌園曾取適、遊寺可終焉。（迴棹）

「咽中痛、鼻塞、清涕出」と関わるのは、

指揮當世事、語及戎馬存。涕淚濺我裳、悲氣排帝閽。鬱陶抱長策、義仗知者論。吾衰臥江漢、但愧識璵璠。（貽華陽柳少府）
葛洪屍定解、許靖力還任。家事丹砂訣、無成涕作霖。（風疾舟中伏枕書懷三十六韻）

「眩冒欲蹶」と関わるのは、

怡然共攜手、恣意同遠步。捫蘿澀先登、陟巘眩反顧。（西枝村尋置草堂地）

目眩隕雜花、頭風吹過雨。百年不敢料、一墜那得取。（龍門閣）
關山同一照、烏鵲自多驚。欲得淮王術、風吹暈已生。（玩月呈漢中王）
射策君門期第一。舊穿楊葉真自知、暫蹶霜蹄未為失。（醉歌行）
當時曆塊誤一蹶、委棄非汝能周防。見人慘澹若哀訴、（瘦馬行（一作老馬））
安知決臆追風足、朱汗駼驒猶噴玉。不虞一蹶終損傷、人生快意多所辱。（醉為馬墜、諸公攜酒相看）

「口復傷、舌強爛燥、不得食」と関わるかと思われるものは、

苦搖求食尾、常曝報恩腮。結舌防讒柄、探腸有禍胎。（秋日荊南述懷三十韻）
蹉跎翻學步、感激在知音。卻假蘇張舌、高誇周宋鐔。（風疾舟中伏枕書懷三十六韻）、

「偏臂脚急痛」は既に臂偏枯として述べた。

「體上生瘡」「身體發癰瘡堅結」は以下の通り。

瘧病餐巴水、瘡痍老蜀都。飄零迷哭處、天地日榛蕪。（哭台州鄭司戸蘇少監）
崆峒地無軸、青海天軒輊。西極最瘡痍、連山暗烽燧。（送從弟亞赴安西判官）
揮涕戀行在、道途猶恍惚。乾坤含瘡痍、憂虞何時畢。（北征）
當令豪奪吏、自此無顏色。必若救瘡痍、先應去蝥賊。（送韋諷上閬州錄事參軍）
籲嗟公私病、稅斂缺不補。故老仰面啼、瘡痍向誰數。（雷）
請哀瘡痍深、告訴皇華使。使臣精所擇、進德知曆試。（送顧八分文學適洪吉州）
隱忍枳棘刺、遷延胝趼瘡。遠歸兒侍側、猶乳女在旁。（入衡州）
三月師逾整、群胡勢就烹。瘡痍親接戰、勇決冠垂成。（奉贈嚴八閣老）
領郡輒無色、之官皆有詞。願聞哀痛詔、端拱問瘡痍。（有感五首）
戰伐乾坤破、瘡痍府庫貧。眾僚宜潔白、萬役但平均。（送陵州路使君赴任）
使者分王命、群公各典司。恐乖均賦斂、不似問瘡痍。（夔府書懷四十韻）
蒼生今日困、天子向時憂。井屋有煙起、瘡痍無血流。（奉送王信州崟北歸）
萬姓瘡痍合、群凶嗜欲肥。刺規多諫諍、端拱自光輝。（送盧十四弟侍禦護韋尚書）

「夜不得眠」に関しては、

白頭老罷舞複歌、杖藜不睡誰能那。（夜帰）

九日應愁思、經時冒險艱。不眠持漢節、何路出巴山。（九日奉寄嚴大夫）

鸛鶴追飛靜、豺狼得食喧。不眠憂戰伐、無力正乾坤。（宿江邊閣（即後西閣））

清動杯中物、高隨海上査。不眠瞻白兔、百過落烏紗。（季秋蘇五弟纓江樓）

「發熱。坐熱氣盛」に関しては、

今茲商用事、餘熱亦已末。衰年旅炎方、生意從此活。（七月三日亭午已後較熱退）

窮年憂黎元、嘆息腸内熱。取笑同學翁、浩歌彌激烈。（自京赴奉先縣詠懷五百字）

既未免羈絆、時來憩奔走。近公如白雪、執熱煩何有。（大雲寺讚公房四首）

永日不可暮、炎蒸毒我腸。安得萬裡風、飄吹我裳。（夏夜嘆）

自非曉相訪、觸熱生病根。南方六七月、出入異中原。（貽華陽柳少府）

龜蒙不復見、況乃懷舊鄉。肺萎屬久戰、骨出熱中腸。（又上後園山腳）

入舟雖苦熱、垢膩可溉灌。痛彼道邊人、形骸改昏旦。（舟中苦熱遣懷）

衰年正苦病侵凌、首夏何須氣鬱蒸。（多病執熱奉懷李尚書）

（本文中に引用した生薬図は『中華本草』全十巻、上海科学技術出版社刊、による）

四　杜甫と白居易の病態比較
――特に白居易の服石の検証――

杜甫（七一二―七七〇年、五九歳・字子美・生地不詳）と白居易（七七二―八四六年、七五歳・字楽天・太原人）は、一六年ほどの寿命差がある。両者の疾病に関する考察は既に発表してある[1][2][3]が、本稿の目的はそれを踏まえつつ、寿命の差異が生じた理由を、特に鉱物薬（水銀、鉛、鍾乳石など）の服用の有無を含めて考えることにある。杜甫は前章でも明らかにしたが重金属を含む服石の可能性が高いが、白居易に関しては一時使用していたとの説があるものの、詳細は不明である。詩作に見られる病状を検討することで、この問題を明らかにしていきたい。

我々の生命力は、後天的な養生と共に、両親から与えられた先天的な力（これを「先天の本」という）に影響される。それぞれの問題を検証していこう。

一　先天の本＝「腎」の状況について

杜甫の父親（杜閑）は杜甫誕生時に三〇歳であり、七〇歳以上の寿命であったと考えられることから父親の「先天の精氣（腎精）」に問題はない。一方母親（崔氏）は若死にし、杜甫は姑に育てられた（黄鶴語）と記されており、しかもそれは杜甫が六、七歳前のこと（聞一多語）といわれることから、母親の腎精は弱かったことが示唆される。

一方白居易の場合は、父親は六六歳で死亡したとされることから、当時の寿命を考えれば先ず腎精の力に大きな問題はなかったと云えるのに対し、母親は一五歳で嫁ぎ、一八歳で次男・白居易を生んでいる。兄の年齢を考えれば一六、七歳で初産であろう。『医心方』（丹波康頼撰著、九八四年成書）巻二十一に「今は、婦人が早婚なので、腎の根本がまだしっかりしないうちに子を産み、腎を損傷してしまう。それゆえ今の婦人が病むと、必ず難治となる」とある通りであったろう。また不幸な結婚、九歳の子供を亡くしたこと、生活苦などを背景因子として、重い鬱病があったという指摘（謝思煒）もされている。一般に鬱病を発症する基礎体質として、心・肝・胆の氣血不足が考えられる状況であるが、それにもかかわらず、四人も出産したことは生理学上大きな負担であり、こういった生活環境の結果として腎が傷つき、その結果として子供達にも十分な腎精を与えられなかったことは十分に示唆される。

これらの論理の根拠は『素問』上古天真論篇第一にある。

岐伯曰く、女子七歳にして腎氣盛ん、齒更まり髪長ず。二七にして天癸至り、任脉通じ、太衝脉盛ん、月事以て時に下り、故に子有り。三七にして腎氣平均し、故に眞牙生じて長く極まる。四七にして筋骨堅く、髪長く極まり、身體盛壯たり。五七にして陽明の脉衰え、面始めて焦《やつ》れ、髪始めて墮つ。六七にして三陽脉上に於いて衰え、面皆な焦れ、髪始めて白し。七七にして任脉虚し、太衝脉衰少し、天癸竭き、地道通らず、故形壞れて子無きなり。

丈夫……五八にして腎氣衰え、髪墮ち齒槁れる。六八にして陽氣上に於いて衰竭し、面焦れ、髪鬢頒《まだら》に白し。七八にして肝氣衰え、筋は動くこと能わず、天癸竭き、精少く、腎藏衰え、形體皆な極まる。八八にして則ち齒髮去る。腎は水を主り、五藏六府の精を受けて之を藏す、故に五藏盛んにして乃ち能く寫す。今五藏皆な衰え、筋骨解墮し、天癸盡き、故に髮鬢に白し、身體重く、行歩正しからず、子無きのみ。

杜甫も白居易も共に若年より身体が弱く、共に母親の病弱＝腎精不足を背景とする虚弱が示唆されるのに、両者の寿命に一六歳という大きな差が生じた理由を考えてみたい。

杜甫晩年五五歳以降の詩に見られるように、杜甫に若い妾が居たとする説（黒川）を勘案すれば、老齢にはふさわしくない過度の性生活（子供が数人いたことからも解る）が一層腎を傷つけた可能性は否定できない。杜甫が大暦二（七六七）年、五六歳以降に悩まされる「聾」「髮落」「白髮」も腎と関わる。

夫れ精を失う家《もの》は、少腹弦急し、陰頭（＝亀頭）寒え、目眩み、髮落ち、脉は極めて虚にして芤遲、爲に（大便は）清穀し、（吐衄などのために）血を亡くし、（夢精などのために）精を失う。（『金匱要略』血痺虚勞病脉證并治第六）

腎氣が耳に通じれば、腎和し則ち耳能く五音を聞く。（『霊枢』脉度第十七）

腎の合は骨なり、其の榮は髮なり。（『素問』五藏生成論篇第十）

次に「外的な病気の要因（＝外因）」について考えてみよう。

二　外因について

気候などの外的環境（風寒暑湿燥火）を「六気」と呼ぶが、その中で、それが本来の時候に外れるものであったり、本来の時候であっても異常に強力であったりする場合に、それを病因と見なし「六淫」と呼ぶ。

両者共に飲食の不摂生、特に飲酒や喫茶の習慣が多く、「留飲宿食」と呼ばれる病態を招いていた（後述）と考えられる中で、杜甫の場合、多湿の江南の地に居住し、しかも船上生活が多かったことは、外的環境における湿邪が白居易よりも多かったと示唆される。結果として体内外の多湿状態が感応し合い、種々の病態を起こす危険性が高かったと考えられる。

三　内因について

日常的に感情（大まかに喜怒憂思悲恐驚の七種類とし「七情」という）は変化するものであるが、その情動が非常に強かったり、長時間持続する場合は病因となり、「七情内傷」と称する。五臟を例に挙げれば、肝―怒、心―喜、脾胃―思、肺―悲、腎―恐のように、それぞれが異なる感情と密接に関連すると考える。

白居易の生涯は二一歳の時に第四弟を亡くして以来、親族・友人と実に多くの死と関わっている。当然このことが自分の体弱と相まって、無常観を抱くに至ったであろう。更に母と娘を亡くしたときの作詞「四十にして未だ老を爲さざるも、憂に早衰を傷らるを悪む。前歳には二毛生じ、今年は一齒落つ。形骸日に損耗し、心事同じく蕭索たり。」（巻十自覺二首）に見られるように、憂悲による肺の損傷（「憂悲傷肺」）を初めとして、五臓六腑の傷害（つまり「七情内傷」）を引き起こしたことは十分考えられる。

一方、杜甫は根本に腎精（腎気）の脆弱があるために物事に恐れを感じやすく（「恐れは腎を傷つける」『素問』陰陽應象大論篇第五）、また相生関係にある肝・胆は、母である腎からの援助を十分に受けられず気血が不足しがちになる。肝の気血不足により些細なことでイライラし怒りっぽくなり、一方で気落ちしやすくなる。胆気不足は「胆怯《たんきょう》」と呼ばれる病態を起こし、驚きやすく怯えやすくなる。また腎は、相克関係にある心を十分抑制し得ず、心火上炎という病態を起こしがちになり、過剰に喜びやすくなり、また熟睡が出来ず夢が多くなる。種々の点から情緒的に不安定であることは、別の見方をすれば感性が鋭く芸術家としての才能に恵まれることになったと云えよう。

官吏登用に関しては、白居易の方が遙かに順調であり、杜甫の方が精神的ストレスはより強かったと見なせる。内因面を含め両者の比較を行った結果云えることは、腎は両者共に不足気味であり、臓腑相関で母子関係にある「肝」も弱くなり、ストレスに過剰に反応し、怒りっぽくなり、一方で逆にちょっとしたことで気鬱になりやすかったと考えられる。

白居易が齋戒などにより精神の安定を得ることに努めていたことに着目すべきである。煩悩を去り、精神の安寧を求めて行った齋戒は間を起きながらも、日数的には一年の半分に達し、しかも二三年の長きにわたりリズミカルに行われた(4)。齋戒期間中の半断食生活は、断酒の面のみから見ても、心身両面に裨益する所が大であったことは疑うべくも無い。そして人生の終焉である最晩年に向けて、老荘思想での救済が不能なだけに、死への不安や来世との結縁成就の願望のために仏教へ一層傾斜していったこと(5)も精神の安定を得るために大きな意義があったと云える。

四　不内外因について

外因、内因以外の病因として、飲食の不摂生、不適切な性生活などを「不内外因」と総称する。摂取した水分の処理は、小便（腎）、大便（脾胃）それに発汗（肺）により行われる総合作用である。例えば健康にならんとして、胃腸の消化能力以上に摂食しても、それは不十分にしか吸収されず、余分なものは「痰飲」或いは「留飲宿食」として体内に残り、新たな病因となってしまう。過剰な飲酒と喫茶習慣は水分処理（排泄）機能の低下を伴えば、痰飲・留飲を生むことは明らかである。

痰飲の発生に外因（六淫）、内因（七情内傷）、不内外因（飲食不節、嗜欲無度）が関連するとする説は、以下の通りである。

人の痰飲病有る者は、榮衛が清ならざるに由り、氣血が敗濁凝結して成るなり。内にては則ち七情泊亂し、臓氣行らず、……外にては六淫の侵冒有り、玄府通ぜず、……或いは飲食過ぎて傷つき、嗜欲に（節）度無く、叫呼も疲極し、運動も宜しきを失し、津液は行らず、聚まりて痰飲と為る。不内外因に屬す。

（『三因極一病証方論』宋、一一七四年、陳無鐸）

杜甫の多くの疾病の病因として、痰飲は重要な働きをしていたと考える。もちろん多年にわたる窮乏に依拠する不十分な摂食、戦乱などによる逃避生活、更には怒り、懼れ、悲しみなどの心的ストレスが状態悪化に拍車を掛けたことは間違いないであろう。更にそれを増悪したものとして、鉱物薬の服用について考える必要がある。

五　焼丹について

『抱朴子』（葛洪、三一七年頃）内篇巻之四・金丹の「丹砂之を焼きて水銀と成り、積變して又丹砂に還成する。是なり。」の記述のように、赤い固体の朱砂から液体の白い水銀に相互変化するということから、変化と回帰という性質に基づいて身体の若返りが可能になると考える。『神農本草経』の丹砂（＝硫化水銀）の記述は以下の通り。

味甘く微寒、山谷に生ず。身體五藏百病を治し、精神を養い、魂魄を安んじ、氣を益し目を明らかにし、精魅邪悪鬼を殺す。久服すれば神明に通じ老いず。能く化して汞と爲る。

魏晋南北朝以来、士太夫階級などに服用が流行した「寒食散」（「五石散」はその一種）に関しては、既に詳細な研究が為されている。(6) 杜詩の「轉蓬憂悄悄、行藥病涔涔」（「風疾舟中伏枕書懐三十六韻、奉呈湖南親友」）に見られる「行藥」であるが、この用語は石薬である寒食散の服用後に、体熱発散のために必要な散歩を意味する場合があるが、是に妥当するかどうか不明である。一般に杜詩に詠われている「寒食」は、『荊楚歳時記』にある「冬至後百五日で、風雨が強いことが多い時期、清明の二日前」という暦上の詞とされている。清明《せいめい》とは二十四節気の一つで、四月五日ごろを指すか、或いはこの日から穀雨までの期間を指す。それ故ここでの「行薬」が服石の傍証になると確定することは出来ない。

ただ次の紫金丹は『杜詩詳註』など種々の詩集のいずれでも一回に限って使用が見られるが、服石を行っていた重要な傍証となりうる。『杜詩詳註』巻十三（翰林院編修仇兆鰲撰）「将赴成都草堂途中有作、先寄嚴鄭公五首」に見られる。

生理只憑黄閣老、衰顔欲付紫金丹。

この詩の表題に付されている注[7]によると、本詩が作られたのは広徳二年（七六四年、杜甫五三歳）春である。紫金丹は多くの文献に見られ、いくつかの種類があったようであるが、『太平恵民和剤局方』（一一四八年改名して刊行）に震霊丹（一名紫金丹）として見られる処方の薬能及び処方内容を注記する。[8]

その他、服石と関連すると思われる症状を記した詩作に関しては、既に本稿に発表してある。紫金丹もそうだが、問題となるのは水銀、鉛といった重金属を含む石薬を服用していたと思われることであり、当然重金属中毒という重篤な病態を惹起し寿命に影響したと示唆されることである。

六　白居易の服石について

従来の見解としては、白居易は江州貶謫の頃の数年間のみ外丹法を試みたとされている。彼の詩にもたびたび詠われている如く、いわゆる水銀や鉛などの重金属を用いる「丹薬」の製造には失敗し、結果として重金属中毒にならずに済んだと考えられる。しかし全ての服石を止めたかどうかは明らかにされていない。そこで種々の病態・症状などからその服用の可否について検証してみた。

当時居住していた廬山には雲母が多く、それを使う道士も多く、『周易参同契』（後漢、魏伯陽撰）も授けられたという。(9)

六三歳の時の「暁に雲英を服す」（巻三十一早服雲母散）や七一歳の時の「雲液六腑に洒みる」（巻三十六對酒閑吟、贈同老者）、また年齢は不明だが、「朝に雲母散を餐し、夜に瀣精を吸沆す。」（巻一夢仙）や「一匙の雲母粉」（巻七宿簡寂觀）の記述が見られることから雲母の服用は継続していたと思うが、それを彼の詩文により確認したい。

『医心方』（丹波康頼撰著、九八四年成書）巻十九・服石發動救解法第四には、服石により如何なる副作用が生じるかと、それへの対処法が列記されている。(10)また『諸病源候論』（六一〇年、巣元方）巻六・寒食散發候、『千金翼方』（唐・孫思邈、六八一年脱稿）巻二十二飛煉・服諸石薬及寒食散已にも同様の記述が見られる。一方『外台秘要方』（王燾、七五三年頃）巻三十七・乳石論以降には薬石の種類毎に詳細な対処法が記されている。

これらの書籍に挙げられている具体的症状が、どのように彼の詩作に見られるかを検討した。

(1)「瘡」「痏」について

「瘡」は『医心方』に以下の記述として見られる。

「身體發癰瘡堅結坐寢處久不自移徙」、「脚指間生瘡」

「疳」は『五十二病方』（馬王堆三号前漢墓帛書、一九七二―七四年出土）・諸傷の項に「烏喙《うたく》（＝烏頭《うず》）の矢毒による中毒や瘡、毒蛇による咬傷などによる瘢痕・癰瘡を指す」との記述が見られる。また古代の粗造な鍼による傷口も指したようである。白居易は「蒼疳」として詠うこともある。

巻四五（1486）與元九書「二十已来……口舌成瘡　手肘成胝」

巻一五（0807）渭村退居、寄禮部崔侍郎、翰林錢舍人詩一百韻（四三歳）「仍憐病雀瘡」

巻一一（0558）蚊蟆（五〇歳頃）「久則瘡疳成　疳成無奈何」

巻二六（2652）酬鄭侍御「多雨春空過詩三十韻」（五七歳頃）「浸淫天似漏　沮洳地成瘡」

巻二二（2664）和『李勢女』（五八歳）「忍將先人體　與主為疣瘡」

巻三〇（3015）二月一日作贈韋七庶子（六四歳）「去冬病瘡疳　將養遵醫術」

巻三七（3618）病瘡（七〇歳頃）「脚瘡春斷酒　那得有心情」

このように二十歳以来「瘡」病があったというが、若年のはいわゆる口内炎のようで、その原因は多くストレスであったと思われる。それに対し中年以降に何故このように感染症をたびたび引き起こすのかは大いに疑問とするところで、慢性的な免疫力の低下が疑われる。特に七十歳頃の詩作に見られる「脚瘡」は、まさに『医心方』の記述通りで、服石の副作用と考えることが可能である。

（２）「眼痛」について

「眼昏」の記述は多く、初めは巻九（0424）白髪（四〇歳？）「書魔昏兩眼」や、巻六（0243）答卜者（四三歳頃）「病眼昏似夜」などがある。そして四四歳の時の詩二篇、巻一五（0858）病中荅招飲者「不緣眼痛兼身病」と巻一五（0883）舟中讀元九詩「眼痛滅燈猶闇坐」に眼痛の記述があることを考えれば、緑内障の疑いは強い。しかし後年五七歳の時の詩・巻二六（2647）和劉郎中『曲江春望』見示「眼痛忌看花」は、緑内障ならば視野狭窄や失明に至る可能性が高いが、居易の場合そうならず、その経過の長さを配慮すれば、可能性として『医心方』服石の副作用にある「目痛如刺」を考慮すべきかも知れない。

元来「眼」症状は、「肝」との関連が強く、ストレスなどが悪化要因として大きいことが知られている。

　東方青色、入通於肝、開竅於目藏精於肝、其病發驚駭。（『素問』金匱眞言論篇第四）

五〇歳以降は齋戒に努め心身を安定させ、飲酒も控えてきた白居易としては、肝の鬱結状態の緩解に結びつき、眼症状の緩解を得たと思われる。確かに五七歳の詩以降に眼症状を詠うことが無いことは、仮に服石を続けていたとすると疑問が残る点である。ただ最も服用が示唆される「雲母」や「石鍾乳」には、『神農本草経』の薬効に「明目」があり[11]、逆にそのことが服石の可能性を否定できない理由でもある。

（３）「癢」（＝痒）について

関連する詩作は以下の通りである。

巻一五（0880）臼口阻風十日（四四歳）「蚊蚋和煙癢滿身」

巻三八（1411）宣州試射中正鵠賦「使技癢者出於羣」

巻二一（2207）宿東亭曉興（五二歳頃）「頭癢曉梳多　眼昏春睡足」

『諸病源候論』巻六・寒食散發候に「頭面身癢瘙」が挙げられている。また『医心方』服石に「蔭囊臭爛、坐席厚、下熱故也」とあるが、これは『諸病源候論』巻三・虚勞陰瘡候に「癢、搔之則生瘡」とあることから「癢」は服石の副作用とも見なせるが、飲酒・喫茶の多飲がもたらした結果の湿熱が病因とも考えられる。湿熱は一般に湿疹や乾癬などの病因として周知である。


これも五二歳以降見られないことは服石期間の限定を示唆せざるを得ない。

(4)「眩」「頭風」について

同じく『医心方』服石と、『諸病源候論』巻六・寒食散發候に「眩冒欲蹶」が挙げられている。

巻六（0264）游悟真寺詩一百三十韻（四三歳）「目眩手足掉」

巻七（0306）登香爐峰頂（四六、七歳）「目眩神恍恍」

巻一七（1009）江樓夜吟元九律詩成三十韻（四七歳）「頭風當日痊」

巻二四（2458）小舫（五五歳）「白蘋香起打頭風」

巻二四（2477）眼病二首の第一首（五五歳）「醫言風眩在肝家」

巻二四（2484）九日寄微之（五五歳）眼闇頭風事事妨
巻二二（2258）和「寄樂天」（五八歳）「目眩心忽忽」

巻二八（2871）病眼花（五九歳）「頭風目眩乘衰老」
巻三一（3065）酬舒三員外見贈長句（六二歳）「頭風不敢多多飲」
巻三五（3408）病中詩十五首（六八歳）「體癏目眩」
巻三五（3409）初病風（六八歳）「頭旋劇轉蓬」
巻三六（3525）病中宴坐（六八歳）「頭眩罷垂鈎」

一般に眩暈の大きな病因は「痰濁阻竅」であるので、飲酒喫茶習慣の多い白居易もその結果としての眩暈であることは否定できない。ただ晩年まで症状が持続していたことは、可能性として服石の副作用を残しておきたい。

(5)「蹇」「腰痛」について

『医心方』に「關節強直不可屈伸」「百節酸痛」「腰痛欲折」「偏臂脚急痛」など関連する副作用が列記されている。脚萎えの意である「蹇」の詩作を見ていこう。

巻一〇（0465）寄元九「不因命多蹇」
巻一五（0808）酬盧秘書二十韻（四三歳頃）「蹇歩尚徘徊」
巻二〇（1331）酔題候仙亭（五一歳）「蹇歩垂朱綬」
巻二三（2378）酬楊八（五三歳）「我因蹇歩稱閑官　閉門足病非高士」
巻三五（3423）歳暮病懐贈夢得時與夢得同患足疾（六九歳）「同教歩蹇有何因」
巻三五（3437）強起迎春、戯寄思黯（六九歳）「杖策人扶廢病身…他時蹇跛縱行得」
巻三六（3539）夢上山時足疾未平（六八歳）「晝行雖蹇澁」

巻四五（1486）與元九書「策蹇歩於利足之途」「況詩人多蹇」

次に「腰」に関する詩作を挙げよう。

巻五（0203）酬楊九弘貞長安病中見寄「折腰我營營」

巻一七（1012）元九以緑絲布…詩報知「折腰無復舊形容」

巻二〇（1343）晩歳（五一歳）「擥帶知腰痩」

巻二四（2459）馬墜強出、贈同座（五五歳）「足傷遭馬墜　腰重倩人擡」

巻二四（2460）夜聞賈常州、崔湖州茶山境會、想羨歡宴、因寄此詩（五五歳）「蒲黄酒對病眠人時馬墜損腰、正勸蒲黄酒」

巻二四（2490）酬別周從事二首の第一首五十五歳）「腰痛拜迎人客倦」

巻二八（2822）自問（五八歳）「佩玉腰無力」

巻三一（3097）答夢得秋日書懐見寄（六二歳）「腰痩帶先知」

巻三三（3304）六十六（六六歳）「痩覺腰金重」

巻三五（3446）春盡日、宴罷感事獨吟（六九歳）「金帶縋腰衫委地」

巻三六（3577）酬南洛陽早春見贈「寒縋栁腰收未得」

巻三七（3635）閑眠「暖牀斜卧日曛腰」

腰痛や腰無力は老化に伴う腎虚や湿邪内蘊による場合にも起きる症状であるが、五十五歳の時の落馬による腰損傷は、それ以後大きな影響を残したと思われる。

七　まとめ

（1）杜甫晩年五五歳以降の詩に見られるように、杜甫に若い妾が居たとする説（黒川）を勘案すれば、過度の性生活が一層「先天の本」である腎を傷つけた可能性は否定できない。

（2）杜甫の場合、江南の地に居住し、しかも船上生活が多かったことは、外的環境における湿邪が白居易よりも多かったと示唆される。結果として体内外の多湿状態が感応し合い、種々の病態を起こす危険性が高かったと考えられる。

（3）杜甫の多くの疾病の病因として痰飲は重要な働きをしており、さらに不十分な摂食、戦乱などによる逃避生活、更には怒り、懼れ、悲しみなどの心的ストレスが状態悪化に拍車を掛けたことは間違いないであろう。

（4）杜甫は紫金丹をはじめとして水銀、鉛といった重金属を含む石薬の服用の可能性が高く、当然重金属中毒という重篤な病態を惹起し寿命に影響したと示唆されることである。

（5）以上の諸点に於いて杜甫は白居易より短命であったことが説明できる。

（6）白居易は齋戒などにより精神の安定を得ることに努めていたことには大きな意義があった。

（7）白居易の服石に関しては、雲母に関する自詠を含め種々の病態の関連が示唆される。なかでも「蒼・痏」は服石の副作用と考えることが可能である。七十歳頃の詩作に見られる「脚瘡」は、まさに『医心方』の記述通りであり興味深い。

注

(1) 小高修司「白居易（楽天）疾病攷」『日本醫史学雑誌』四九（4）、六一五―六三六頁、二〇〇三年。

(2) 小高修司「白居易「風痺」攷」『白居易研究年報』七、一六九―一八八頁、二〇〇六年。

(3) 小高修司「杜甫疾病攷」『中唐文學會報』一六、一―二五頁、二〇〇九年。

(4) 下定雅弘「斎戒する白居易」『中国文史論叢』一、三―四〇頁、二〇〇五年。

(5) 下定雅弘「白居易の文における老荘と仏教」『禅文化研究所紀要』一八、八三―一一〇頁、一九九二年。

(6) 余嘉錫：寒食散考、同氏著『余嘉錫文史論集』一六六―二〇九頁、岳麓書社出版、一九九七年（長沙市）。

(7) 鶴注此廣德二年春自閬州歸成都中途所作。唐書嚴武傳寶應元年自成都召還拜京兆尹明年為二聖山陵橋道使封鄭國公遷黄門侍郎廣德二年復節度劍南朱注舊書云武再尹成都節度劍南破吐蕃加撿校吏部尚書封鄭國公與新書不合以此詩題證之新書為是。

(8) 大治男子真元衰憊、五勞七傷、臍腹冷疼、肢体酸痛、上盛下虚、頭目暈眩、心神恍惚、血氣衰微、及中風癱緩、手足不遂、筋骨拘攣、腰膝沉重、容枯肌瘦、目暗耳聾、口苦舌乾、飲食無味、心剤不足、精滑夢遺、膀胱疝墜、小腸淋瀝、夜多盗汗、久瀉久痢、嘔吐不食、八風五痺、一切沉寒痼冷、服之如神。

処方内容　禹餘粮、紫石英、赤石脂、丁頭代赭石各四两。滴乳香（別研）、五霊脂（去沙石、研）、没薬（去沙石、研）各二两、朱砂（水飛过）一两上件前後共八味、并爲细末、以糯米粉煮糊爲圓、如小雞頭大、晒乾出光。

(9) 蜂屋邦夫「白居易と老荘思想――併せて道教について」『白居易研究講座』第一巻、「白居易の文学と人生Ｉ」一五五―一八〇頁、一九九三年。

(10) 醫心方卷第十九・服石發動救解法第四

皇甫謐薛侍郎(一)寒食藥發動證候四十二變并消息救解法。今検有五十一變。

皇甫謐云　寒食藥得節度者、(二)一月輒解、或二十日解、堪温不堪寒、即已解之候也。

其失節度者、或頭痛欲裂、坐服藥、食温作澼急宜下之。

或兩目欲脱、坐犯熱在肝、速下之、將冷自止。

或腰痛(三)欲折、坐衣厚體温、以冷水洗、(四)冷石熨之。

或眩冒欲蹶、坐衣温、犯熱宜科頭、冷洗之。

薛公云　常須單床、行役、并以冷水洗浴即癒。

或目痛如刺、坐熱氣冒次、上奔兩眼故也。（五）勤於冷食、清旦以温小便洗之。

或目冥無所見、坐飲食居處温故也。脱衣自勞、洗、促冷飲食、（六）須臾自明了。

或四肢面目皆浮腫、坐食飲温、又不自勞、藥與（七）正氣隔并故也。飲熱酒、冷食、自勞、冷洗之則瘥。

或耳鳴如風聲、（八）汁出坐自勞、出力過瘥、房室不節、氣并奔耳故也。勤好飲食、稍稍行歩、數食節情即止。

或鼻中作（九）瑕雞子臭、坐著衣温故也。脱衣冷洗即止。（一〇）（或本云：冷洗薄衣即瘥）

或口復傷、舌強爛燥、不得食、坐食少、穀氣不足、（一一）藥積胃管中故也。急作梔子豉湯、服三劑瘥。（或本云二劑瘥矣）今按：梔子湯在第二十卷〝口乾方〟。

或（一二）齆腫、唇爛齒牙搖動、頰車噤、坐犯熱不時救故也。當風張口使冷氣入咽、嗽寒水即瘥。

或咽中痛、鼻塞、清涕出、坐温衣近火故也。促脱衣、冷水洗、當風、以冷石熨咽頰五、六過、自瘥。或本云：脱衣取冷、當風立、以冷物熨咽須臾癒、不須洗。

或咳逆、咽中傷、清血出、坐臥（一三）温故也。或食温故也。飲冷水、冷石熨咽外。

或偏臂脚急痛、坐久藉臥（一四）席、温不自轉、熱氣入肌附骨故也。勤以布冷水淹（一五）迫之、温復易之。

或兩腋下爛辛痛、坐臂脇相親故也。以物懸手離脇、冷石熨（一六）之。

或胸脇滿、氣逆、乾嘔、坐飢而不食、藥氣薰膈故也。促（一七）冷食、冷飲、冷洗即瘥。

或手足偏痛、諸節欲解、身體發癰瘡堅結坐寢處久不自移徙（一八）、暴熱并聚在一處、或堅結核痛、甚者發癰始覺、便以冷水洗、冷石熨之：微者食頃消散、劇者日用水不絶乃瘥、洗之無限、要瘥為期。薛公云　若體上生瘡、結氣腫痛、不得動者、為自勞大過也。

或腹脹欲決、甚者斷衣帶、坐寢處久、下熱、又衣温失（一九）食、失洗、不起行。促起行、飲熱酒（二〇）、冷食、冷洗、當風櫛梳（二一）而立。

或腰痛欲折、坐衣厚體温、以冷水洗冷石熨之。薛公曰：若腰痛欲折、兩目欲脱者、為熱上肝膈腰腎、冷極故也。

或腰疼如折、坐久坐下温、宜常坐寒床、以冷水洗起行。或本云常須單床上坐善也。

或（二二）脚指間生瘡、坐著履温故也。脱履著屐以冷水洗足則瘥。薛公云：當以脚踐冷地、以冷水洗足則瘥。

或肌皮堅如木石枯、不可得屈（二三）、坐食熱臥温、作癖久不下、五臟隔閉、血脈不周通故也。（二四）促下之、冷食、（二五）飲熱酒、自勞行即瘥。

或身皮或本云身内楚痛、轉移不在一處、如風狀、或本云如似游風、坐犯熱所為、非真風也。冷洗冷熨即了矣。[二六]

或百節酸痛、坐臥下太厚、又入温被中、又衣温不脱故也。臥下當極薄、大要也、被當單布不著綿衣、亦當薄且垢、故勿著新衣、宜著故絮也。雖冬寒、當常科頭受風、以冷石熨衣帶、初不得繫也。若犯此酸悶者、促入冷水浴、勿忍病而畏浴也。

或關節強直不可屈伸、坐久停息不自煩勞、藥氣勝、正氣結而不散越、沉滯於血脈中故也。任力自温、便冷洗即瘥。任力自温者、令行動出力足勞則發温也。非厚衣近火之温也。

或脈洪實、或斷絶不足似欲死脈、或細數強快、坐所犯非一故也。脈無常、投醫不能識別也。熱多則弦快、有癖則洪實、急痛則斷絶。凡寒食藥熱率常如此、唯勤從節度耳。

或人已困而脈不絶、坐藥氣盛行於百脈之中、人實氣已盡、唯有藥兩猶獨行[二七]、故不絶非生氣也。已死之後體故温如人飢、腹中雷鳴、顔色不變、一再宿乃似死人耳。或灸之、尋死或不死、坐藥氣有輕重、重故有死者、輕故有生者。雖灸得生、非已疾之法、遂當作禍、必宜慎之、大有此比故也。

或心痛如錐刺、坐當食而不食、當洗而不洗、寒熱相絞、氣結不通、結在心中、口噤不得息、當校口促與熱酒、任本性多少。其[二八]令酒兩得行氣自通、得噫、因以冷水洗淹、有布巾著所苦處、温復易之、自解。解便速冷、食能多益善、若大悪著衣、小使温温便去衣即瘥。於諸痛之中、心痛最為急者、救之若赴湯火、乃可濟耳。

或有氣斷絶不知人時[二九]、撅口不可開、病者不自知、當須傍人救之、要以熱酒為性命之本、不得下者、當瘥去齒[三〇]、以熱酒灌唅之[三一]、咽中塞逆、酒入復還出者、但與勿止也。出復納之、如此或半日、酒下氣通乃蘇、酒不下者便殺人也。

或服藥心中悶亂、坐服藥、温藥與疾爭結故也。法當大吐下、不吐下當死。若不吐下不絶者[三二]、冷食飲自解。薛公曰　若絶、不識人、目復不開者、亦當椽齒以熱酒灌之[三三]。入咽吐出者、更當與之。得酒氣下通、不過半日蘇矣。

或淋不得小便、坐久坐下温及騎馬鞍中熱入膀胱故也。大冷食、以冷水洗小腹、以冷石熨一日即止。

或小便稠數、坐熱食及啖諸含熱物餅黍之屬故也。（或本云：餅黍羊酪之屬）以冷水洗小腹自止、不瘥者、冷水浸陰又佳。若復不解、服梔子湯即解。

或[三四]蔭囊臭爛、坐席厚、下熱故也。坐冷水中即瘥。

或大行難、腹中堅固如蛇盤、坐犯温、久積腹中乾糞不去故也。[三五]消蘇若膏使寒服一二升、浸潤則下；不下更服下藥即瘥。薛公曰[三六]：不下服大黄朴硝等下之即瘥。

或大便稠數、坐久失節度、將死之候也。如此難治矣。為可與湯下之、倘十得一生耳。不與湯必死、莫畏不與也。下已致死、令人不恨。

或下痢如中寒、坐行止食飲犯熱、所致人多疑、是本疾又[三七]有滞癖者、皆犯熱所為、慎勿疑也。速脱衣、冷食、冷飲、冷洗之。

或遺糞不自覺坐、坐久下温熱氣上入胃小腹（腸歟）不禁故也。冷洗即止。

或失氣不可禁止、坐犯温不時洗故也。冷洗自寒即止。

或周體悉腫、不能自轉從[三八]、坐久停息不飲酒、藥氣伉在皮膚之内而血脈不通故也。飲酒冷洗、自勞行歩即瘥。極不能行者、使健人扶曳行之、壯[三九]事違意、慎勿聽從之、使肢節柔調乃止、勿令過瘥。過則便極、更為失度、熱者復洗、或本云飲熱酒冷水洗。

或嗜眠不能自覺、坐久坐熱悶故也。急起冷洗浴也。食[四〇]飲自精了或有澼也。當候所宜下之。

或夜不得眠、坐食少、熱氣在内故也。當服梔子湯、數進冷食。薛公曰：當服大黄黄芩梔子三黄湯、數進冷食、自得睡也。今按：此湯在第廿卷除熱解發篇。

或夢驚悸不自制、坐熱在内争、五行乾錯與藥相犯、食足自止。

或得傷寒、或得温瘧坐犯熱所為也。凡嘗常服寒食、雖以久解而更病痛者、要先以寒食救之、終不中冷也。若得傷寒温瘧者、亦可以常藥治之、無咎也。但不當飲熱藥耳。傷寒藥皆除熱瘧藥皆除癖、不與寒食相妨、故可服也。

或矜戰患寒如傷寒、或發熱如温瘧坐失食忍飢、失洗、久坐不行、或食臭穢故也。急冷洗起行。

【引用文中の校注】

（一）札記　下文引《釋慧義》〝薛侍郎〟上文所云〝薛曜〟是也。下文屢云〝薛公〟。《外臺》亦作〝薛侍郎〟。蓋〝薛〟即〝薛〟俗字。猶卷中〝孽〟又作〝薩〟之例也。

（二）札記　仁和寺本〝坐〟上衍〝與〟字。

（三）旁注　莫極反、低目視也。

（四）札記　〝科〟即〝科〟。〝科頭〟見《史記・張儀傳》、《魏志・管輅傳》、謂不著巾幘也。舊校為罰之義、誤。《病源》〝科〟作〝斷〟、淺人私改。

（五）札記　仁和寺本無〝於〟字、《病源》同。

（六）札記　《病源》同。仁和寺本〝自〟訛〝目〟。

（七）札記《病源》〝呆〟作〝停〟、與舊校引《小品》合。
（八）札記《病源》同。仁和寺本〝汁〟作〝汗〟。
（九）旁注 瘕、大亂反。不成子曰 卵壞也。
（一〇）旁注 （止可作）瘥、《小品》此字。
（一一）札記 仁和寺本〝藥〟上有〝食〟字。《病源》〝積〟作〝在〟、與舊校引《小品》合。
（一二）旁注 〝齦〟作〝齒〟字。
（一三）札記《病源》同。仁和寺本〝温〟作〝濕〟。
（一四）札記《病源》〝藉〟下有〝持〟字、無〝席〟字。
（一五）札記《病源》〝迫〟作〝拓〟。
（一六）札記《病源》此下有〝即瘥〟二字。
（一七）札記《病源》（促冷）作〝但冷〟。本篇〝促〟字《病源》多作〝但〟。
（一八）札記《病源》〝熱〟下有〝偏〟字。
（一九）札記《病源》[衣温]作〝得温〟。
（二〇）札記《病源》〝促〟作〝但〟。無〝起行飲熱酒〟五字。
（二一）札記〝櫛梳四〟三字《病源》無。
（二二）札記《病源》〝指〟作〝趾〟。
（二三）札記《病源》〝屈〟下有〝伸〟字。
（二四）札記《病源》〝促〟作〝但〟。
（二五）札記《病源》無〝熱〟字、與舊校引《小品》合。
（二六）眉注 了者、是慧然病除、神明了然之状也。旁注〝了〟字作〝瘥〟、《小品》此字。
（二七）札記《病源》作〝唯有藥氣尚自獨行〟。據此〝兩〟當作〝尚〟。
（二八）札記《病源》〝酒〟下有〝氣〟字。下文云〝酒兩行於四肢〟。
（二九）眉注 蹶、《小品》此字。

（三〇）旁注（掾）都角反、擊推也。
（三一）札記　仁和寺本〝晗〟作〝含〟。
（三二）札記　仁和寺本下有〝不識人〟三字。
（三三）札記　仁和寺本〝熱〟字重。
（三四）札記　仁和寺本〝蔭〟作〝陰〟、《病源》同。
（三五）札記《外臺》〝蘇〟作〝酥〟。按〝蘇〟〝酥〟之古字。《病源》作〝酢〟、誤。
（三六）札記　仁和寺本〝不〟上有〝若〟字。
（三七）札記　第廿卷引同。本疾蓋謂〝石發〟。《病源》作〝疑冷病人〟。
（三八）札記〝徙〟訛〝從〟。《病源》作〝徙〟。
（三九）札記〝壯〟〝恐〟〝狀〟。《病源》作〝事寧〟。
（四〇）札記［也食飲］《病源》作〝飲冷〟二字。

（11）『神農本草経』の記述。

雲母　一名雲珠、一名雲華、一名雲英、一名雲液、一名雲沙、一名磷石、味甘平、生山谷、治身皮死肌、中風寒熱如在車船上、除邪氣、安五藏、益子精、明目、久服輕身延年、

石鍾乳　味甘温、生山谷、治欬逆上氣、明目益精、安五藏、通百節、利九竅、下乳汁、

五　李商隠疾病攷

李商隠の研究者として故高橋和巳を忘れることは出来ない。彼はこう言う。「詩の内に含まれる認識上の価値や詩人の体験的真実を、詩の全体の結晶美を度外視して性急に摘出することは、あたかもピアノを壊して事務机として使う愚に等しい(1)」。とは云うものの、大望を抱きながら若年にして生を終わらざるを得なかった李商隠の疾病を考え、短命の理由をさぐることにも意味は有ろう。

本題に入る前に彼の生涯を、上掲した高橋和巳の本より抜粋し概観しよう。

李商隠は美的存在と政治的存在の矛盾をもっとも鋭く生きた一人である。『旧唐書』が「才を恃みて詭激、當途者の薄《うと》んずる所と為る」と書いて以来、彼の処世に関して、多くの先人の糾弾或いは弁護があるけれども、それら不知不識のうちに政治の側に立った毀誉とはまた別に、そこに人間のいまだ克服しえない本質的な矛盾の象徴をみてとる、もう一つ別な観点のあることを我々は知らなければならない（八六頁）。

彼の不運は、前後四〇年にわたって牛李の党の対立角逐する時代に生きながら、党派を超えて信じあえる人間関係が存在しうると信じ込んでいた、或いは無理にそう思いこもうとした彼の思想のあり方から生まれた（八七頁）。

不思議にその保護者に先立たれる李商隠はまた多くの知己にも先立たれ、やがて彼の心は灰よりも冷たくなってしまっていたと歎かれねばならなかった。自らの精神を開くべき友人との交歓にも恵まれなかった（八三頁）。三六歳よりのちの後半生は、生臭い葛藤は交代し、かわって逆旅の歌、各地の歌枕、故事来歴におのれの心情を託す詠史的作品に傾いていく。

一　家族歴を考える

両親より受け継いだ根本的な生命力を「腎」というが故に、腎は「先天の本」とも称される。渉猟した限り李商隠の両親の死亡年齢について言及してあるものは見出せなかった。そこで推論を行うしかないのだが、その前に李商隠自身の生年についての諸説を考える。元和八年説（馮浩『玉谿生年賦』）、元和六年説（銭震倫『玉谿生年賦訂誤』）そして元和七年説（張采田『玉谿生年賦会箋』）であるが、『李商隠伝論』[2]では、李商隠は元和七年初めに生まれ、斐氏姉は同年末に死亡と推論している。斐氏姉は彼らの父・李嗣が元和六年獲嘉県の県令に任ぜられた年に出嫁したものの、幸を得られず一年間病に伏した後に翌七年末に亡くなったとされる。彼女は三姉妹の次女で、出嫁当時一九歳であったとすれば[3]、死亡時二〇歳となる。当然両親の悲嘆は限りないものであったろう。『仲氏姉文状』に「烈考殿中君、知命不撓」の語があり、知命が「五十にして天命を知る」を指すとすれば、父・李嗣は斐氏姉死亡時にほぼ五〇歳であったと考えられる。彼は長慶元年、商隠が十歳の時に亡くなっており、ほぼ六〇歳で亡くなったと考えられよう。

さて母親であるが、斐氏姉の上に長女がいたとして、二〇歳頃に初産とすると、李商隠誕生時には四〇歳は越えていたと考えることに無理はない。会昌二年冬に李商隠が三一歳の時に亡くなっており[4]、死亡年齢は七〇歳を越えていたと考えられる。

このように両親は当時の平均余命から考えても、特に短命とは云えず「腎」が弱かったとは考えにくい。斐氏姉以外に李商隠の短命を示唆させる人がいるのであろうか。「請盧尚書撰曾祖妣志文状」に以下のようにある。(5)(6)

安陽君（李商隠の曾祖父李叔恒を指す）……年二十九棄代、祔葬於懐州雍店之東原先大夫故美原令之佐次。……始夫人既孀（＝寡婦）、教邢州君（商隠の祖父李俌を指す）以經業得録、寓居於滎陽。不幸邢州君亦以疾早世（＝冥）。

このように曾祖父は二九歳、祖父も早逝していることが分かった。この異常状態から考えられることは、父方の家系は父親のみが例外的存在であり、何らかの遺伝的な疾病素因を持った家族である可能性が高いということである。それが如何なる遺伝なのかは商隠の病状の検討を踏まえて行う。

二　病状の記述

商隠の残した詩文には、彼自身の体調が優れないとの記述は以下のように見られるが、具体的症状についての記述は殆ど見られない。

天涯常病意（「西溪」）

我為分行近翠翹　楚雨含情皆有托　漳濵卧病竟無憀（「梓州罷吟寄同舍」）

豈是驚離鬢　應來洗病容（「九月於東逢雪」）

薄宦仍多病　從知竟遠遊（「寓興」）

多病欣依有道邦　南塘晏起想秋江（「水齋」）

中乾欲病痟（「送從翁從東川弘農尚書幕」）　左傳外强中乾韻會痟渇疾相如痟渇通作消

可憐漳浦臥　愁緒獨如麻（「病中聞河東公樂營置酒口占寄上」）

　如人當一身　有左無右邊　筋體半痿痺　肘腋生臊膻……瘡疽幾十載　不敢抉其根　國蹙賦更重　人稀役彌繁

近年牛醫兒　城社更扳緣　盲目把大旆（「行次西郊作一百韻」）

嗟余久抱臨邛《きょう》渇（「令狐八拾遺見招送裴十四帰華州」）

移疾就猪肝　鬢入新年白　顏無舊日丹（「大鹵平後移家到永楽県居書懐十韻寄劉韋二前輩二公嘗於此県寄居」）

命断湘南病渇人（「寄成都高苗二従事」）

尚憐秦痔苦　不遣楚醪沈（「自桂州奉使江陵途中感懐寄献尚書」）

顦顇欲四十　無肉畏蚤虱（「驕児詩」）

玉骨痩来無一把（「偶成転韻七十二句贈四同舍」）

秋霖腹疾倶難遣（「王十二兄与畏之員外相訪見招小飲時余以悼亡日近不去因寄」）

肯念沈痾士　倶期倒載還（「南潭上亭讌集以疾後至因而抒情」）

薄宦頻移疾（「有懐在蒙飛卿」）

恨久欲難收……辭疾索誰憂　更替林鵶恨（「即目」）

病來唯夢此中行　相如未是真消渇（「病中早訪招國李十將軍遇挈家遊曲江」）

茲辰聊屬疾……多情真命薄　容易即迴腸（「屬疾」）
五更鐘後更迴腸　三年苦霧巴江水　不為離人照屋梁（「初起」）
左川歸客自迴腸（「留贈畏之」）
久留金勒為迴腸（「酬崔八早梅有贈兼示之作」）
卜夜容衰鬢（「夜飲」）
廻腸九一作久非廻後　猶有剩廻腸（「和張秀才落花有感」）
不知瘦骨類氷井　更許夜簾通曉霜（「李夫人三首」）

三　「瘦骨」「廻腸」について

「瘦骨」「廻腸」は説明がいる。まず「瘦骨」についてだが、「不知瘦骨類氷井　更許夜簾通曉霜」の意味は次のように考えられている。(7)

病気ばかりの身体が、氷井のように冷えたのも気づかず、夜通し亡き妻を想い続けて、簾の間から夜明けの霜が入って来るままにしていた。

次に医書ではこの用語をどのように用いているか検討した。
『諸病源候論』（六一〇年、巣元方）巻二十四骨注候の説明の中に見られる。

注は住なり。……凡そ人の血氣虚なれば風邪が傷する所と為り、……人を令て血氣減耗させ、肌肉消盡し、骨髓間は時に嗡嗡として熱し、或いは濈濈として汗し、柴瘦骨立せしむ。故に之を骨注と謂う

また『備急千金要方』（孫思邈、六五五年頃）巻十一小兒魃方には、

兒を令て羸瘦骨立し髮落ち壯熱するは是れ其の證なり。

『普濟方』（明、朱橚撰、一四〇六年）巻三百十六中風偏枯にも、

半身不遂し肌肉枯れ瘦骨間疼痛す。

というように医書には用いられている。

次に「廻腸」の意味は辞書では、①心が安定しないさま、②人の心を感動させる、とある。医書では解剖上の名前としてのみ使用されており、こういった心理の言葉としての用例は見られない。例えば『外台秘要方』（王燾、七五三年頃）下焦熱方六首には、

《删繁》論じて曰く……下焦は瀆《とく》の如し（瀆とは、溝水の如く決泄なり）。胃の下管に起こり、迴腸を別し、膀胱に注いで滲入する。

と有る如くである。

四　消渇の病について

さて本題に戻るが、以上の用例の中で遺伝的素因の存在も考慮すると、もっとも興味深いのは「消渇」である。関連する記述を再掲すると以下の通りである。

中乾欲病痟（「送從翁從東川弘農尚書幕」）
嗟余久抱臨邛渇（「令狐八拾遺見招送裴十四帰華州」）
病來唯夢此中行　相如未是真消渇（「病中早訪招國李十將軍遇挈家遊曲江」）
侍臣最有相如渇　不賜金莖露一杯（「漢宮詞」）

「痟」は『説文解字』（後漢、許愼著、部首別の最初の字書、略して『説文』）では「頭痛」の意で、また『周礼』天官疾医では「首疾」の意味で用いられているが、ここでは『李義山詩集注巻三下』の注に「左傳外强中乾韻會痟渇疾、相如痟渇通作消」とある如く、「消渇」（糖尿病）の意味で用いられている。漢代の司馬相如が消渇であったことが知られているが、彼の病は自分に比べれば本物ではないとまで商隠は云っている。李商隠が司馬相如を引き合いに出し消渇を詠うのは、本来の病としてではなく「渇望」の隠喩であるとの説が有る。(8) そういう面を完全否定することは出来ないが、家族歴を考えてもやはり本来の糖尿病であったと考えるべきでは無かろうか。多分相如もそうだと思われるのだが、通常の食習慣の不摂生に基因するⅡ型糖尿病に比し、李商隠の遺伝が関わる糖尿病は若年発症でもあり、ずっと重症化しやすかったと考えられる。四〇代ころより親しくなったと言われる「温・李」と併称された温庭筠の詩集に次の句が見られる。

子虚何處堪消渇（「秋日旅舎寄義山李侍御」）

彼の消渇の病に関しては広く知られる所だったのであろう。

消渇に関しては、例えば『諸病源候論』（六一〇年、巣元方）消渇候には「夫れ消渇なる者は、渇止まらず小便多し是なり」と症状を記し、更に『備急千金要方』を引いて「凡そ飲酒すること積久なれば、消渇病に成らざる者有ること無し。」と飲酒がその病因として重要であると記している。これは明らかに糖尿病を思わせる記述である。

またしばしば司馬相如を引き合いに出すが、相如の消渇は卓文君との色事と不可分であるという認識が六朝期には出来上がっていたという指摘(9)が有るが、これは『外台秘要方』巻十一消渇方一十七首に

其の慎しむ所の者に三有り。一に飲酒、二に房室、三に鹹食及び麪、能く此を慎しむ者は、服薬せずと雖も、自ずから可とす。

とあることからも、当時の認識として誤ってはいなかったと云えよう。但し糖尿病になれば神経・血管障害などにより勃起不全になりがちなので、必ずしも房事過多にはならないかもしれないが。

家族歴などから考えられることは、商隠の場合は、特定の遺伝子の機能異常によって二十代に発症する「若年

発症成人型糖尿病」に、飲酒など食習慣の誤りに基因する「Ⅱ型糖尿病」の要因が重なり一層病状の進行を早めた可能性が示唆される。ただ曾祖父や祖父に比べ、また父親が比較的長命であったことを考えれば、遺伝的素因の影響は徐々に少なくなっており、むしろ悪化の要因としては飲酒を初めとする飲食の不摂生やストレスが重視されるべきであろう。

穀類・果実などを原料とする醸造酒は『尚書』に「若作酒醴爾惟麴糵傅酒醴湏麴糵」と有る如く、古代より醸されていたようであるが、白酒などの蒸留酒の製造は唐代以降であり、本格的に作られるようになったのは宋代以降である。(10) 従って李商隠も飲酒は黄酒などの醸造酒が主であったと考えられ、それは服用により急激な血糖値の上昇を見ることから、膵臓からのインシュリン分泌を促す。この病態を慢性的に繰り返すことにより消渇（糖尿病）を悪化させる。

寒暄不道醉如泥（「留贈畏之」）
仍有醉如泥（「昭州」）
晩醉題詩贈物華　罷吟還醉忘歸家（「縣中惱飲席」）
小亭閑眠微醉消（「偶題二首」の第一首）
我雖不能飲　君時醉如泥（「戯題樞言草閣三十二韻」）

このように商隠は酒に弱く泥酔(11)することもあったようだが、基礎疾患として糖尿病を考えれば、飲酒により急激に血糖値が上昇し糖尿病に伴う症状が悪化する可能性が高いことを配慮すれば、二日酔いのように見えたとしても、実際にはより重篤な病態になっており、その繰り返しが寿命を縮めていたことであろうことは十分想像される。

糖尿病は死に至る糖尿病性腎症や脳梗塞、心疾患を始め種々の二次病態を引き起こすことが知られており、四七歳の時、鄭州に帰郷後まもなく死亡していることから、徐々に進行していた腎不全・心不全の存在、或いは急激に発症した脳卒中といった病態が死因であった可能性が示唆される。

五　眼症状について

糖尿病の二次障害の一つが失明に到る可能性がある眼疾患（糖尿病性網膜症など）である。唯一と云って良いほど珍しく具体的病状を記してあるのが視力障害についてである。眼症状に関する記述として、

不見姮一作常娥影　清秋守月輪　月中閑杵臼（「房君珊瑚散」）
刮膜想金篦涅槃經有盲人詣良醫醫即以金鎞刮其眼膜（「和孫朴韋蟾孔雀詠」）
裹入珊瑚腮俗顋字○江總詩盈盈扇掩珊瑚脣（「戲題樞言草閣三十二韻」）

が見られる。ここに見られる「珊瑚散」については『太平聖恵方』（王懐隠ら、九九二年）巻第三十二眼論が初出のようである。

眼が赤く痛み、後に膚翳を生じ、遠視が明らかならず、癢澀するを治するには、珊瑚散方を點ずるが宜し。

珊瑚（三分）　龍脳（半錢）　朱砂（一分）

上の件の薬を、先ず珊瑚と朱砂を研ぎ粉の如くし、次に龍脳を入れ、更に研ぎ匀しくなら令め、毎回銅箸を以て一米許りを取り、日に三四度之を點ず。

ちなみに珊瑚の薬効に関しては、『千金翼方』（唐・孫思邈、六八一年脱稿）に次のように見られ、唐代には既に霧視に有効であることが知られていたようである。

珊瑚　味甘く、平、無毒。宿血を主り、目中翳を去る。鼻衄には、末を鼻中に吹く。南海に生ず。

六　「瘴」と「瘧」の記録

中国は古代よりたびたび伝染性疾患（つまり広義の傷寒）の大流行に見舞われてきた。「疫」とか「瘧」「瘴癧」の語はこの意味で使われていた。隋代には江南の土地は陰湿であり瘴癧に苦しみ夭折する民が多かったという。李商隠は三六歳の時、鄭亜に随い桂林に赴いている。江南の地の疫病について下のように記している。

瘴氣籠飛遠（「和孫朴韋蟾孔雀詠」）

為戀巴江暖　無辭瘴霧蒸（「北禽」）

鬼瘧朝朝避……虎箭侵膚毒（「異俗二首」）
幾夜瘴花開木棉　桂宮流影光難取（「右春」）

彼が生きていた時代の気候を調べてみた。(12)それによると紀元八一六年から八三〇年の間は比較的湿潤であったが、八三一年から八五〇年の間は乾燥し、その後八七四年までは再び湿潤であったという。桂林に赴いた三六歳は八四七年であり乾燥時期であったことが分かり、比較的高温多湿の悪影響は少なかったと考えられる。

七　まとめ

（1）李商隠の両親の死亡年齢をそれぞれ六〇歳頃、五六歳頃と推定し、親から与えられる直接的な腎精の不足は少なく、「先天の本」は十分にあったと考えた。
（2）ところが曾祖父は二九歳で死亡、祖父も早逝、次姉である斐氏姉は二〇歳で死亡と、何らかの家族性遺伝的素因の存在が示唆される状況を指摘した。
（3）商隠の残した詩文には、彼自身の体調が優れないとの記述はいくつか見られるが、具体的症状についての記述は殆ど見られない。
（4）比較的稀な用語として「瘦骨」「廻腸」について説明した。
（5）問題となる家族性遺伝的素因として「消渇」、つまり糖尿病を考え解説した。ただその悪化の要因としては、醸造酒の飲酒などの飲食の不摂生、さらにストレスを重視すべきと考えた。

（6）四七歳の時に帰郷後まもなく死亡していることから、腎不全・心不全或いは脳卒中といった糖尿病による重篤な二次病態が死因である可能性を指摘した。
（7）唯一具体的病状を記してある視力障害について取り上げ、治法としての珊瑚散を検討した。
（8）伝染性疾患の意味で使われていた「瘴」と「瘧」について検討した。

註

（1）高橋和巳「詩人の運命」『高橋和巳作品集』別巻1、二八七頁、河出書房新社、一九七二年。
（2）劉学鍇『李商隠伝論』（上）二三―二九頁、安徽大学出版社、二〇〇二年（合肥市）。
（3）劉学鍇、前掲書、三三頁。
（4）劉学鍇、前掲書、一九七―二〇一頁。
（5）劉学鍇、前掲書、二〇―二三頁。
（6）劉学鍇・余恕誠著『李商隠文編年校注』（第二冊）七九〇―七九一頁。
（7）桐島薫子『晩唐詩人考』一五九―一六〇頁、中国書店、一九九八年。
（8）詹満江『李商隠研究』二九三―三一八頁、汲古書院、平成十七年。
（9）鎌田出「司馬相如の病」『中国詩文論叢』第十集、一四四―一五八頁、一九九一年。
（10）程爵棠『中国薬酒配方大全』一―五頁、人民軍医出版社、一九九七年（北京）。
（11）加古理一郎「李商隠の転機」『中国文化』五八号、六七―七八頁、二〇〇〇年。
（12）王邨編著『中原地区歴史旱澇気候研究和予測』七五、一一三頁、気象出版社、一九九二年（鄭州市）。

六　柳宗元疾病攷

柳宗元（七七三―八一九年）は中国中唐期の政治家・文人である。字は子厚、また出身地や赴任地により柳河東・柳柳州とも呼ばれる。王維や孟浩然らとともに自然詩人として名を馳せ、散文の分野では、韓愈とともに宋代に連なる古文復興運動を実践し、唐宋八大家の一人に数えられる。

徳宗の貞元九年（七九三年）に進士に挙げられ、貞元一四年には難関の官吏登用試験である博学宏詞科に合格、二八歳には集賢殿正字（政府の書籍編纂部員）を拝命した。新進気鋭の官僚として藍田（陝西省の県名）の警察官僚から監察御史（行政監督官）を歴任した。

八世紀末の唐は、宦官勢力を中心とする保守派と対決姿勢を強め、政界の刷新を標榜する若手官僚グループの台頭が急であり、柳宗元も参加するが、保守派の猛反発に遭い、改革政策はわずか七か月であえなく頓挫し、礼部侍郎に就任し、これからという時に宗元の政治生命は尽きた。政争に敗れた宗元は死罪こそ免れたものの、都長安（西安市）を遠く離れた永州（湖南省）へ、司馬（今の日本の副知事に当たるも全くの閑職）として左遷された。時に宗元三三歳。さらに元和一〇年（八一五年）には、いったん長安に召還されるものの、再び柳州（広西省壮族自治区）刺史（地方長官　知事に当たる）の辞令を受け、ついに中央復帰の夢はかなわぬまま、元和一四年、四七歳の若さで歿した。

文字通りの悲憤慷慨の生涯を終えざるを得なかった宗元であるが、実は病情についての記述はさほど多くない。一般には柳州に知事として赴任して以来、行政長官としての仕事に従事することが出来たこともあり、精神的にも安定を得ていたといわれている。また逝去と前後して長安に帰ることを許可する使者が発せられたという。また家族歴を見ると、母親は六八歳と比較的長命であったが、父親は五七歳、二人の姉も比較的早くに死亡していることは、先天の生命力である腎がさほど強かったとは思えない。こういった事情を鑑みながら、その早すぎた死亡の理由をさぐることが本章の目的であるが、嶺南地域の気候の特色を見ることから始めたい。

一　外的環境の影響

先ず明記すべきは、永州や柳州といった嶺南地域が暑湿の地であり、この地での居住は当然ながら暑湿邪を背景とする種々の疾病を来す可能性が高いことにある。元和二年に永州に大雪が降ったという事実[(1)(2)]があったとしても、当時の嶺南の気候は、現在以上に温暖であり、暑湿が大きな問題として存在する時代であった。是に飲酒や喫茶の習慣が重なれば、体内外の湿邪が感応し、様々な病態を惹起する。さらに一般的に衛生状態に大きな問題があった時代でもあり、宗元生存期間中で記録が残されている異常気象と疫病に関する記事を参看する[(3)]。

七八九年夏淮南、浙東西、福建などで旱魃。井泉多く涸れ、人渇乏し、疫死する者多数。
七九〇年夏淮南、浙西、福建で道疫。

八〇六年夏浙冬大疫、死者大半。

ここで言う「疫」とは伝染性疾患を指すが、現存する医書から関連する記述を見ると、『肘後方』（梁、葛洪、二六五―三一六年撰、現存　金、楊用道撰『肘後備急方』（『附廣肘後方』））に「癘気兼ねて鬼毒を挟み相注す、名づけて温病と爲す」とある。ここでいう鬼毒とは病原微生物を指していたと考えられる。また同書には「瘴気疫癘温毒を治する諸方」として二〇数例の処方が挙げられている。(4)「癘」「瘴」などの用語も同じく伝染疾患を意味する。それぞれの中国医学的解釈を見るために、『諸病源候論』巻十の「疫癘病候」「瘴氣候」を注記しておく。(5)

柳宗元の詩文でも「瘴癘」「炎毒昏眊」などの記述が見られる。元和四年の注記がある「寄許京兆孟容書（巻三十）」の記述は、

或いは時に寒熱水火　互いに至り、肌骨を内消するは獨り瘴厲に非ざると為すなり。

元和五年七月の注記のある「與蕭翰林俛書」（巻三十）には、

蠻夷中に久しく居し、炎毒に慣習し、昏眊《めくら》み重ねて膇《あしはれ》る、意以て常と為す。忽ち北風に遇い、晨起きて薄寒　體に中り、則ち肌革瘮懍し、毛髪蕭條となり、瞿然として注視し、怵惕以て異候と為す。

また元和四年の注記がある「與裴塤書」には、

惟れ楚南極海玄冥の所、炎昏を統せず多く疾み、氣力益ます劣り昧昧。

二　精神が及ぼした影響

(1) 永州前期の状態

次に問題とすべきは精神が肉体に及ぼす影響である。直接国政に関わる立場から、政争に敗れ流謫され、しかも司馬という有名無実の職掌に従事せざるを得なかったことは、怒り、憂悲、思い悩み、更に流謫が長期化する事による絶望へと、実に様々の感情に支配されたことであろう。種々の感情（七情）と五臓六腑が個別に相関することは中国医学に於いては周知である（図）。

柳宗元は「憂箴」（巻十九）に代表されるように、しばしば憂いを記す。憂悲の感情は肺を傷つける（「悲傷肺」）ばかりでなく、五臓の相生相克という生理的関係に影響し、肺が肝を調整する生理的な働き（「金克木」）に障害が出るために、結果として肝胆の働きに異常が出る。そのため怒りっぽくなったり、逆に気鬱になりやすくもなる。臓腑の生理的、病理的相関については注記しておく。(6)

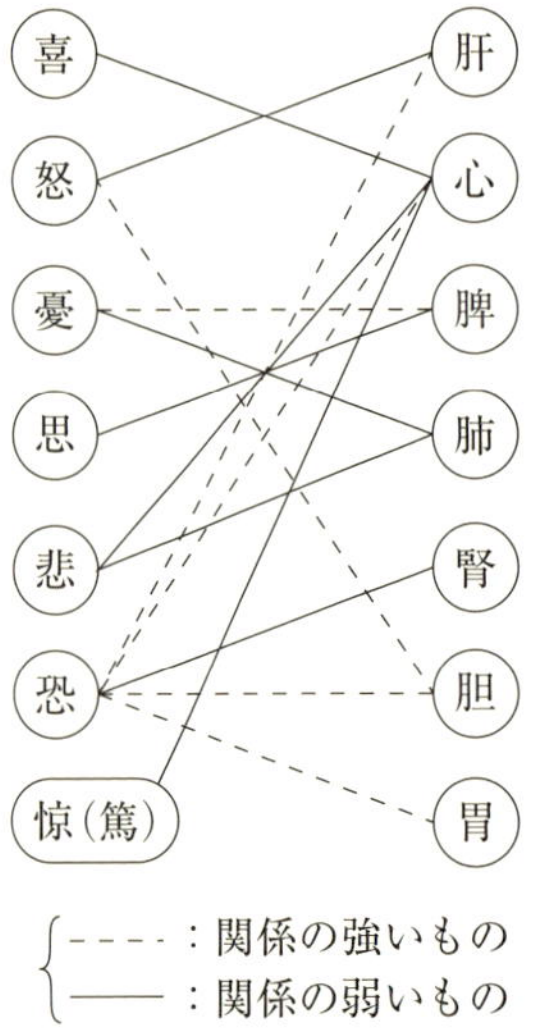

七情と臓腑の関係

怒りにより気は滞るが、その滞る部位は「肝」「胆」それぞれ「膈（鬲）」である。膈に関しては既に『史記』（前九〇年頃、司馬遷）「扁鵲倉公伝」診藉二に「気鬲病」、診藉十四に「鬲塞不通、不能食飲」といった記述が見られる。また白川静の『説文新義』が云うように、「鬲」は邪霊の侵入の拒絶を意味する重要な部位である。それが人体生理上最も重視される気が、流れるものが阻滞する部位として、「膈」の重要性と結びついていった可能性が指摘できよう(7)。

気滞の最も特徴となる症状は「痞」であり、この点に触れた詩文も散見される。例えば上記した「許京兆孟容に寄する書」の前段には次の文が見られる。

憂い殘り骸は魂餘り百病集う所、痞結伏積し食せざるに自と飽《はらふく》る。

ここに述べられている症状は「胃気痞塞」そのものである。胃気滞の背景にあるものは「肝気鬱結」(「木乗土」の論理)であり、それが彼の政治的環境に基因することは明らかであろう。また元和四年作とされる序飲(巻二十四)には、

余　痞を病み酒を飲む能わず。是に至り醉うも遂に其の令を益するを損じ、以て日夜を窮めて歸するところを知らず。

また元和五年冬の作とされる「與楊京兆憑書」(巻三十)には、

常に憂恐積もり、神志少く、書を讀む所に隨うも又遺忘す。一二年來痞氣尤も甚しく、加うるに衆疾を以て

す。動作も常ならず、眊眊然として騒擾内に生じ、霾霧填擁惨沮し、意文章を窮めんとする有りと雖も、病其の志を奪う。

しかしその「痞」症状も時には緩解を見たようで、與李翰林建書（巻三十）には、

僕　去年八月自り痞疾の來たること稍已む。往時は間一二日にて作すも、今は一月に乃を二三作用す。南人の檳榔・餘甘　壅隔一作塞を破決す。

檳榔は原植物・檳榔 Areca catechu L. の種子である。駆虫、消積、下気、行水、截虐の作用を持ち、虫積、食滞、脘腹脹痛、瀉裏後重、脚気、水腫、瘧疾などに用いる。余甘は生薬名「余甘子」（また「橄欖《かんらん》」とも云う）、原植物・余甘子 Phyllanthus emblica L. の果実である。清熱利咽、潤肺化痰、生津止渇といった働きがあり、感冒の発熱、咳嗽、咽頭痛、煩熱口渇などに用いる。B型肝炎及びそれから進展した肝ガンに用いるという老中医の経験もあり、砕塊の働きを持つと考えられ、檳榔と共に膈塞を破る作用があることになる。

ではこの文が何時書かれたかであるが、同書によれば元和四年とある。一時的な緩解を見ては居たものの、元和五年冬の作に「一二年來痞氣尤も甚しく」とあることなど、一般には「元和四年頃に絶望的な不安は最高潮に達していた[8]」と考えられており、痞の記述と相関する。

ちなみに気滞で特に問題となるのは膈の痞塞であるが、これを緩解させるのに最も効果的な方法は、膈＝横隔膜を積極的に動かすこと、つまり腹式呼吸である。柳宗元が元和四年秋に西山に遊び、山岳を跋扈したこと、さ

らには後に愚渓と名付ける地域を購入し好みの地に変えていくという行為は、当然ながら心身両面に於いて気滞（＝痞）の解除に大いに役立ったと思われる。六年以降に痞をいう詩文が見られないのも、こういったことが影響したと考えて良いであろう。

（2）永州後期の状態

下定氏の書籍(9)を参照して精神の変化を見よう。元和五年愚渓に移り住んで以来明るく落ち着いた心境をしばしば示し（七三頁他）ながらも、自殺を思うような厳しい心境（巻四十二・同劉二十八院長述舊言懐感時書事奉寄澧州張員外使君五十二韻之作因其韻增至八十通贈二君子）の間を揺れ動き、孤独寂寞の中に生き、『荘子』や仏教の教えを受けながら、それを乗り越えようとしてたどり着いた究極の境地を「紅雪」「南澗中題」などは示し（八七―八九頁）、無心の境地にまで昇華した（九四頁）。それは時として成功し、宗元の心を癒してきてくれたが、その宗元の心の根底には深い苦悶が在り、貶謫の長期化とともに、悲哀は重さと苦しさを増し、時として狂おしいばかりの憂憤となってほとばしる（八六、一〇〇頁）と記す。

確かに流謫が長期化することで、一生都に帰れないのではないかという不安・恐れを抱くに至ったことは想像に難くない。それは生命力の根本である腎を傷つける（恐傷腎）ことになり、それは母子相関にある肝を更に傷害（水不生木）することになり、肝気不足さらに表裏関係にある胆気にも影響し、いわゆる「胆怯」となり、些細なことで怯え・驚きやすくなっていたと考えられる。西洋医学的には鬱状態から多少それが軽快する時点で自殺を引き起こしやすいことが知られているが、上記したように精神的に安定したかに見える状態は、その底に大きな危険をはらんでいたと考えられるのではないだろうか。

このように臓腑の相生・相剋関係から考えて、五臓六腑総てがかなり虚弱な状態にあったと考えられ、心身共に不安定な状態にあったと云えよう。この状態で一時長安に呼び戻され、旅の途中では大きな喜びを抱いていたことは、逆に心を傷つけ（喜傷心というより、舞い上がり心火上炎状態に近い）、子が親を逆に犯す相侮関係により、ここでも肝を傷害する（心侮肝）に至る。更にそれが柳州への新たな流謫という現実に出会ったわけだが、その心境の悲惨さは語ることが出来ないほどである。

次に愚渓時代の作とされる巻四十三の「茅簷下始栽竹」の詩には次項で述べる脚気などとの相関を思わせる疾病についての記述が見られる。

瘴茅を葺き宇と為す　溽暑は常に肌を侵し　適ま重膇の疾有り　蒸鬱は寧ろ宜しき所　東鄰は幸にも我を導き　樹竹は涼飈を邀す　欣然として吾が志を愜す

「重膇の疾」とは何か。柳宗元の文には第一章で記したように、もう一箇所にも見られる。巻三十「與蕭翰林俛書」である。医書を検索した結果、下記の如く「瘻候」と関連する記述に見られる「膇膇」のことではないかと考えるに至った。

『医心方』が引く『小品方』（六朝時代、陳延之）には以下の記述がある

有癭病者、始めて作すに櫻胲と相似たり。其の癭の病は喜ば頸下に生じ、當に中央に有り兩邊に偏らざるなり。皮は寛く急ならず、膇膇と垂れ然るは則ち是れ癭なり。中國人で氣結し癭を患う者は、但だ膇膇と垂れ

るも胲に及ぶこと無きなり。長安及び襄陽、蠻の人は其の沙水を飲み善く沙癭を病む、胲有り壘壘として根り無く、浮動が皮中に在り。

「膇膇」に関連する記述は『医心方』以外にも『外台秘要方』(王燾、七五三年頃)などにも見られる。『世医得効方』(元・危亦林撰、一三三七年)には「重膇」とある。併せて注記[10]した。『医心方』の校勘記によると、「垂膇膇然」とは、

垂墜の貌。膇はまた足腫も為す。膇は墜と音義同じ。

とある。『諸病源候論』に病因としてあげられている「憂恚思慮が腎氣を動かす」と云うことが柳宗元と関連することは明らかであろう。

「癭」とは頸部正中にある軟部腫瘤のことのようで、「重膇の疾」という言い方から、どちらかというと中に液体を含む柔らかい腫脹のようで、ガマ種とか正中頸嚢胞のような疾病がイメージされる。

校勘に「足踵」と有ることから調べたところ、『旧唐書』(後晉司空同中書門下平章事劉昫撰)には「痿弱重膇之疾」として、『春秋左傳注疏』(晉杜氏注、唐陸德明音義、孔穎達疏)には「沉溺重膇之疾、注沉溺濕疾重膇足腫音義」との用例が見られた。この場合は、後述する「脚気」との関連が考えられるところである。

三　柳州時代の病態——死因の考察

次に柳州時代の病態を考えてみよう。上記した臓腑の虚弱状態を背景として、更に永州以上に暑湿が高い劣悪な環境の中での生活は、以下に挙げる疾病が死因に繋がることは十分納得できることである。

（1）霍乱について

元和十二年の注記がある「寄韋珩」（巻四十二）の記述を見る。

今年毒を噬《くら》い霍疾を得、心《むね》を支《さ》き腹を攪《かきみだ》すこと戟と刀（の如し）。爾來氣少くして筋骨露る、蒼白瀄汨《しついつ》として顛毛《てんもう》に盈つ。

ここでは心腹痛の激しさを云い、またそれ以後、気が衰え筋肉が萎縮し骨が顕わになったこと、白髪が一気に増えたことを云っている。その原因としてあげられている「霍疾」とは「霍乱の病」のことを言うと思われる。また病因としてあげられている「毒を噬う」を含めて考えてみたい。

本文の前段に種々の事項が列記されているが、まずは霍乱の定義を『諸病源候論』（六一〇年、巣元方）巻巻之二十二の霍亂候で考える。

霍亂とは、人の溫凉調わざるに由り、陰陽清濁の二氣が、相（互）に干亂することが有る時、其の亂れが腸胃の間に在る者は、遇《たまた》ま飲食することに因り、變じて發し、則ち心腹が絞痛する。先ず心痛む者は先ず吐き、先に腹痛む者は先ず利（＝下痢）し、心腹並《とも》に痛む者は吐利倶に發する。風を挾みて實なる者は、發熱し頭痛み體疼きて復た吐利するも、虚なる者は但だ吐利し心腹刺痛するのみ。亦た飲酒食肉するに際し、腥膾生冷（の食品）が過度に有り、居處に節（度）が無く、或いは濕地に露臥し、或いは風に當り凉を取る。風冷の氣が三焦に歸し、脾胃に傳わり、脾胃が冷を得て磨ならず、磨ならざれば水穀は消化できざるに因る。亦た清濁の二氣が相い干し、脾胃虚弱なれば便ち吐利し、水穀不消なれば心腹脹満たら令む。皆な霍亂と成る。

柳宗元の文と相同の記述があり、彼の疾病は霍乱であったと確認できよう。四庫全書版『柳河東集』注によると、本文の作成は元和一二年とある。ところが『証類本草』（一一〇〇年頃、唐愼微）巻第四「食塩」の項に以下の記述がある。

唐柳柳州『救三死』を纂す。霍亂を治す塩湯方に云う。元和十一年十月乾霍乱を得た。上は吐すこともなく、下は利することなくも、冷汗三大斗許り出でて、氣即ち絶す。

『神農本草経疏』（一六二三年頃、繆希雍）にも年紀の記述はないものの、相同の記述がある。ただここでは「乾霍乱」ではなく「霍乱」となっている。『諸病源候論』巻之二十二の乾霍亂候を見よう。

冷熱調わず、飲食節なくば、人の陰陽清濁の氣相干し、腸胃の間を變亂せ使め、霍亂と成る。霍亂する者は多く吐利するなり。乾霍亂なるは是　腸胃に於いて冷氣搏ち飲食消せざるに致り、但だ腹滿・煩亂・絞痛・短氣するも、其の腸胃　先ず實を挾むが故に吐利せざるを名づけて乾霍亂と為すなり。

つまり腹満・腹痛・煩躁・息切れなどの症状はあるものの、嘔吐下痢の症状が見られないものを乾霍乱というとあり、『証類本草』にあるように柳宗元の病状は乾霍乱と云えそうである。

さらに『諸病源候論』の霍亂後不除候を見ると、病後に不調が持続することが記されている。

霍亂の後にても不除とは、胸鬲の宿食盡きざるを吐に由り、或いは吐を得ざるに但だ其の冷氣散ぜざるを利す。食　胃に入るも胃氣未だ和せざるに因り、故に猶　脹痛煩滿するを不除と謂うなり。

霍乱の記す病状は腹痛（嘔吐下痢の有無はおいて）を主とする、まさにコレラや腸チフスのような胃腸型伝染疾患であり、「不除候」にあるように感染後に不調が持続して死因となった可能性も示唆される。

(2) 脚気について

もう一つ死に繋がる可能性をもつ疾病に触れておきたい。脚気の記述である。脚気「きゃくき（きゃっき）」はビタミン欠乏症によるいわゆる「かっけ」を含むと思われるが、基本的概念はずっと広いと考えて戴きたい。腎虚（古代での意味は、現代中国医学の気血虚を意味する）を背景因子として、腎の経絡に風寒湿邪が進入することで起きる病態と考えられており、「黄帝の時は名づけて厥と為し、両漢の間には名づけて緩風と為し、宋斉の後には之を脚気と謂った」とある。さて「荅韋中立書」（巻三十四）の記述を見よう。

僕謫過されて自り以來、益ます志慮少く、南中に九年居し、脚氣の病を増す。

四庫全書版『柳河東集』注によると、「此書は元和八年」とある。元和八年に増悪を見た「脚気」病であるが、脚気に関する記述は『柳河東集』ではここのみである。但し上記した「與李翰林建書」（巻三十）の後段の次の文は同様の症状の記述と考えられる。

大過すれば陰邪敗るると雖も、已に正氣を傷り、行けば則ち膝顫え、坐すも則ち髀痺れる。欲する所は氣を補い血を豊かにし筋骨を彊くし心力を輔うにあり。

ところが『普済本事方』（宋、許叔微、一一四三年）に脚気病に関連する記事があると指摘する文献を見つけた。(11)脚気病に関する医学記述は後に詳述するとして、取り敢えず『普済本事方』を調べたところ、巻之七に注記する(12)記述が有り、更に渉猟すると類似の記述が医書中に散見されることが分かった。『醫説』（張杲、一一八九年）脚氣痞絶の項、(13)『医学綱目』（楼英、一三八〇年）、(14)『名醫類案』（江瓘撰、一五四九年）、(15)『神農本草経疏』（一六二三年）、巻十四主治參互の項、(16)『張氏医通』（張璐、一六九五年）「杉」の項、(17)『蘭臺軌範』（徐大椿、一七六四年）巻六である(18)が、内容が少しずつ異なっており、それを勘案すると『普済本事方』の記述は、以下が正しいのではないかと考えられる。

腹↓左脅腹、困塞↓咽塞、桔葉↓橘葉、合子碎之↓合搗碎之、予病↓余病となろう。改めて表記すると以下のようになると考える。

唐郴州纂の『救三死方』に云う。元和十二年二月に脚氣を得、夜半に痞絶す。左脅腹に塊有り大きこと石の如く、且つ死（するがごとし）、咽塞がり人を知らざること三日、家人號哭す。滎陽の鄭洵美の傳えし「杉木湯」を服すること半ばにして、食頃大いに下すこと三次、氣通じて塊散ず。用いしは杉木節一大升、橘葉一升、葉無くば皮を以て之に代う、大腹檳榔七箇、合せて搗き之を碎き、童子小便三大升と共に煮て一升半（を得て）、分二して服す。若し一服にて決利を得れば、後は服すること停める。以て前の三死は皆死せんか。會い教え有る者は、皆死を得ず。恐らく他人の不幸に類する余病有らん。故に傳えん。

また「脚気」を『醫説』『名医類案』は「乾脚気」とし、『医学綱目』は「香港脚」とする。それぞれの意味を検証するが、いずれも元和一二年の発病とあり、これも元和一四年に四七歳という若さで死亡する病因と関連する可能性が示唆されるので、その点についても考えたい。

まず『諸病源候論』巻之十三の脚氣緩弱候により総論を見る。

夫れ脚氣の病たるは、皆　風毒を感じることにより此の病を得るも、多くは即《ただ》ちには覺えず。

また『外台秘要方』（王燾、七五三年頃）第十九の「之を得る所由を論ず」を見ると、

凡そ四時の中、皆濕冷の地に久立久坐を得ず、亦た酒酔に因りて汗出ずるを得ず、衣靴襪を脱ぎ、風に當り涼を取るは、皆　脚氣を成す。若し暑月に濕地に久坐、久立する者は、則ち熱濕の氣が經絡に蒸入し、必ず熱を發し四肢酸疼し煩悶するを病む。

乾脚気や香港脚の用語は金元以降の用例のようである。今回の検索の中では『医学綱目』（楼英、一三八〇年）が最も古いようだが、詳述されているのは『万病回春』（明、龔廷賢、一六六〇年）巻之五である。

麻は是れ風、痛は是れ寒、腫は是れ湿。足の内踝骨　紅く腫れ痛む者は名づけて繞カ（足偏に華）風と曰う。足の外踝骨　紅く腫れ痛む者は名づけて穿踭風と曰う。両膝が紅く腫れ痛む者は名づけて鶴膝風と曰う。両腿胯痛する者は名づけて腿臓風と曰う。腫れる者は名づけて湿香港脚。湿（多き）者は筋脈弛長して軟、或いは浮腫、或いは臁瘡の類を生ず、之を湿香港脚と謂う。利湿疏風するが宜し。腫ざる者は乾香港脚と名づく。乾は即ち熱なり、筋脈蜷縮し攣痛し枯細にして腫れざるは、之を乾香港脚と謂う。潤血清燥するに宜し。汗無く走注するを風勝と為す。風なる者は脉浮、汗して愈ゆるなり。拘急掣痛するは寒勝と為す、寒なる者は脉遲、温めて愈ゆるなり。腫満重痛するは湿勝と為す、湿なる者は脉細、滲みて愈ゆるなり。燥渴便が實するは熱勝と為す、熱なる者は脉数《さく》、下して愈ゆるなり。

ちなみに現代中国語では香港脚とは水虫のことだが、もちろんここでは脚気のことである。

脚気が死に至る状態となるのは、「脚気衝心」であろう。

『傷寒論攷注』（一八六六年頃上梓、森立之）に見られる森立之の按語によると、

凡そ脚氣衝心とは、咳上氣、奔豚上氣の類にして、並びて皆な水飲の所爲と爲す。水飲が陽氣の道路を阻隔し、故に其の氣が上衝し、閉塞して通利せず、桂枝は能く此の寒鬱冷滞の氣を温散順下す。

『諸病源候論』の脚氣心腹脹急候を見ると、

此れは風濕の毒氣が脚從《よ》り内に上入し、藏氣と相搏ち結聚して散ぜざるに由り、心腹脹急するなり。

と記されている。さらに『諸病源候論』の脚氣緩弱候を見ると、

上へ逕り心を衝き氣上る者、或いは擧體轉筋し、或いは壯熱頭痛し、或いは胸心衝悸し、寢處も明らかに見えざらんとす。或いは腹內苦痛して下（痢）を兼ねる者、或いは言語錯亂し善く忘れること有りて誤れる者、或いは眼濁り精神昏憒する者、此れ皆　病の證なり。若し之を治すること緩なれば、便ち上りて腹に入る。腹に入り、或いは腫れ或いは腫れざるも、胸脇に氣滿ちて上るは便ち人を殺さん。

と死に至る可能性が論じられている。

更に『外台秘要方』には次のような興味深いことが記されている。

（脚気にとって）生薑、蒜、豉を當に食することは大いに佳し。麪及び羊肉、蘿蔔、蔓菁、韭を食すること、酒に酔いて房室（に入ること）、冷濕（の所）に久立すること、船行し水氣（多い環境にいること）宜しからず。夏月に屋中の濕氣や熱氣（が多いこと）、勞劇しいこと、哭泣憂憒すること、此等の如き類いは、好く氣を使て發せしむなり。

柳宗元の日常生活に於ける状態が、脚気の病態を一層悪化させた可能性が示唆されよう。

四　その他の課題

(1)　石鍾乳について

柳宗元が「與崔饒州論石鍾乳書」（巻三十二）でその効果を挙げている。

以て之を微食すれば、人を榮華温柔し、其の氣を宣やかに流し、生胃通腸し、壽を善くし康寧せしめ、心平かに意舒やかにせ使む。

更に『赤水元珠』（明、孫一奎撰、一五八四年）巻十・辯鍾乳石に次の文が見られる。

生生子曰く鍾乳石を按ずるに、本天地冲和の氣　融結して成る、故に之を服食すれば、以て元陽を壮んにするも可にして百病を療するなり。柳子厚は博く人を洽するなり。當時服食する者の功有るを目撃し、姑《とりあえ》ず文集に載入し以て其の傳を廣くす。

腰脚弱を療することから、該症状に悩んでいた宗元自身も服食していた可能性は考えられるが、その資料は見あたらずコメントできない。石鍾乳の薬効は『外台秘要方』第三十七巻に石鍾乳を用いた処方が見られるが、その一例を挙げると、

風虚勞損、腰脚弱を療し、補益充悦し氣力を強くする法。

(2)『救三死方』について

『救三死方』とは、上記したように、霍乱に対処する「塩湯方」、脚気に対する「杉木湯」が見つかったことになるが、あと一つは何であろうか?

『續名醫類案』（清、魏之琇、一七七〇年）巻三十四「疔」の項にその答えがあった。

劉禹錫が纂した『柳州救三死方』に云う。元和十一年に疔瘡を得て、凡そ十四日益ます篤く、善き藥を之に

傅えんとするも皆な知ること莫し。長樂賈方伯が教える蜣螂肉を用いるに、一夕にして百苦皆な已む。明年正月に、羊肉を食し、また大いに（疔瘡）を作す。再び用いるに亦た神の如くに效く。其法は一味を瘡に貼ること半日許り。再び易えることも可なり。血盡き根出でて遂に愈ゆ。蜣螂の心腹下を度し之を取る。其の肉稍や白き是なり。所以羊肉を食して又大いに作すを云うは、蓋し蜣螂は羊肉を食する故のみ。用いる時には便ち羊肉を食するを禁ず。其の法は蓋し葛洪『肘後方』に出るなり。

またほぼ同文が『神農本草経疏』巻二十二[19]、『普濟方』（明・朱橚等撰、1406）巻二百七十四[20]にも見られる。これらの文で更に興味深いのは、その出典である。今まで『柳宗元が編纂した救三死方』と思っていたが、『劉禹錫が纂した柳州救三死方』と明記してある書籍が『神農本草經疏』『續名醫類案』『普濟方』と見つかったことになる。宗元自身が瀕死の状態にあった病態を記した書籍であるから、その後に回復した時点で書いたとも考えられるが、これらの疾病に罹患後数年で死んでいることを勘案すると、状況から考えても『劉禹錫纂』と理解する方が妥当なように思われるが如何であろう。

ちなみに「死方」という詞であるが、古代医書にはしばしば見られるようで、例えば『医心方』（丹波康頼撰著、九八四年成書）を見ると、「治霍亂欲死方第十三」「疲極欲死方」「腸滑洞泄困極死方」「治卒魘欲死方」「治自縊死方」「治胸中乏氣而嘔欲死方」など頻出し、種々の病因により死せんとする状態を、回復させるための処方と云うことになる。

（3）仙靈毗について（含む：踵息）（巻四十三・種仙靈毗による）

一般生薬名は「淫羊藿」で、「仙霊脾（毗）」は異名である。原植物 淫羊藿 Epimedium brevicornum Maxim.の茎と葉である。最古の本草書である『神農本草経』下品に記載されており、「陰痿、絶傷、茎中痛を治し、小便を利し、気力を増し、志を強くす」とある。宗元の応用観点はむしろ「筋を強くし、骨を健やかにし、風を去り湿を除く」ことにあり、腰膝の酸軟、痺痛を除くことにあったであろう。まさに詩の「疾を治すこと源よりするを貴ぶ」にある如く、風湿・冷えなどによる病因を根本から治すための生薬である。

またこの詩注に興味深い詞が見られる。それは「呼吸 環りて踵《かかと》に帰らしむ」であるが、これは一般に「踵息」と呼ばれる『荘子』大宗師篇に見られる養生法の一種のことと思われる。石田秀実氏の「踵息考」に詳述されているが、氏によれば「口腔から足元までの間を、身体を貫きながら上下する呼吸のこと」という。ここでも宗元が『荘子』と深い関わりを持っていたことが明らかになる。(21)

五 ま と め

（1） 母親は六八歳と比較的長命であったが、父親は五七歳、二人の姉も比較的早くに死亡していることは、先天の生命力である「腎」がさほど強かったとは思えない。

（2） 流謫された永州や柳州といった嶺南地域の気候の特色は暑湿の地ということである。この地での居住は暑湿邪を背景とする種々の疾病を来す可能性が高い。当時の嶺南の気候は、現在以上に温熱であり、是に飲酒や喫茶の習慣が重なれば、体内外の湿邪が感応し、様々な病態を惹起する。

（3） 一般的に衛生状態に大きな問題があった時代でもあり、詩文でも「瘴癘」「炎毒昏眊」などの記述が見られ、種々の伝染疾患に罹患する恐れが高かったと云える。後記する霍乱もその一種である。

（4）次に問題とすべきは精神が肉体に及ぼす影響である。怒り、憂悲、思い悩み、更に流謫が長期化する事による絶望へと、実に様々の感情に支配されたことであろう。

（5）気詰まりの最も特徴となる症状は「痞」であり、永州前期にはこの点に触れた詩文も散見される。これを緩解させるのに最も効果的な方法は、腹式呼吸である。山岳を跋扈したこと、愚渓と名付ける地域を購入し好みの地に変えていくという行為は、心身両面に於いて気滞（＝痞）の解除に大いに役立ったと思われる。

（6）永州後期には『荘子』や仏教の教えを受け、孤独寂寞の中に生きながら無心の境地にまで昇華したと一般に説かれる。しかし流謫の長期化により、不安・恐れの念は強まり、腎・肝・胆を傷つけ些細なことで怯え・驚きやすくなっていたと考えられる。臓腑の相生・相剋関係から考えて、五臓六腑総てがかなり虚弱な状態にあったと考えられ、心身共に不安定な状態にあったと云えよう。

（7）「重膇の疾」についても考察した。

（8）臓腑の虚弱状態を背景として、更に永州以上に暑湿が高い劣悪な柳州時代には、霍乱・脚気といった死に繋がる虞を持つ疾病に罹患している。これらの疾病の分析解説を行い、短命に終わった宗元の死因を考察した。

（9）詩文に見られる石鍾乳と仙霊毗について検討した。

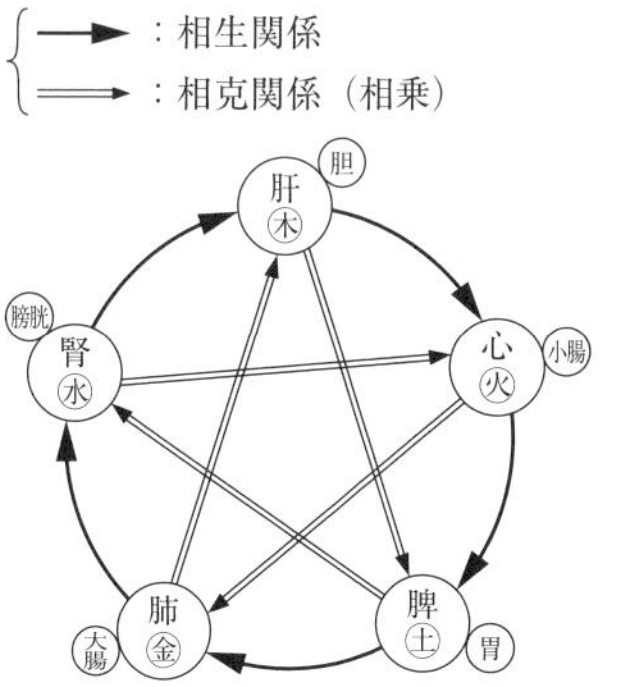

相生相克図

（10）宗元の編纂と考えられている『救三死方』は、『續名醫類案』に有るように、劉禹錫が纂した『柳州救三死方』と理解する方が妥当性が高いと考えた。

註

（1）筧文生『唐宋文学論考』二二一頁に下定氏の論文引用。
（2）下定雅弘『柳宗元』九七―九八頁、勉誠出版、二〇〇九年。
（3）中国中医研究院主編『中国疫病史鑑』一〇七―一一一頁、中医古籍出版社、二〇〇三年。
（4）顧植山『疫病科技沈』四四―四八頁、中国医薬科技出版社、二〇〇三年。
（5）『諸病源候論』（六一〇年、巣元方）
巻十　疫癘病候
其病與時氣溫熱等病相類。皆由一歲之內、節氣不和寒暑乖候、或有暴風疾雨霧露不散、則民多疾疫、病無長少率皆相似、如有鬼厲之氣、故云疫癘病。
巻十　瘴氣候
夫嶺南青草黃芒瘴猶如嶺北傷寒也。南地暖故太陰之時、草木不黃落、伏蟄不閉藏、雜毒因暖而生。
（6）（下図）本来、相生（母が子を生む）関係も相克（克する相手の働きを調整する）関係も生理的なもの。それが相手に害を及ぼすほどの病理的状態の場合を相乗関係と呼ぶ。また子の力が強大になり過ぎて母を害するようになる場合を相侮関係と呼ぶ。
（7）小高修司「「関格」名義変遷攷」『日本医史学雑誌』五五（1）、五七―七五頁、二〇〇九年。
（8）小野四平「柳宗元の永州遊記」『韓愈と柳宗元』二六六―二六七頁、汲古書院、一九九五年。
（9）下定雅弘『柳宗元』。
（10）①『医心方』治癭（88）方第十四
《病源論》云　癭者、由憂恚氣結所生。亦由（89）飲沙水［20］、沙隨氣入於脈、搏頸下而成之。初作與櫻核（90）相似、而當頸下也、皮寬不急、垂膇膇然［21］是也。恚氣結成癭者、但垂壘壘無核也。飲沙水成癭者、有核壘壘無根、浮動在皮中。又云：

三種癭、有血癭［22］、可破之。有息肉癭、可割之。有氣癭、可具針之。

《養生方》云　諸山水裏土中出泉流者、不可久居。常食作癭病、動氣增患。

《小品方》云　有癭病者、始作與櫻（92）胲相似。其癭病喜生頸下、當中央不偏兩邊也。皮寛不急、垂膇膇然則是癭也。中國人患氣結癭者、但垂膇膇無胲及也。長安及襄陽、蠻人其飲沙水善病沙癭、有胲壘壘耳無根、浮動在皮中。

［一一］垂膇膇(zhui　墜)然：謂其形象鼓捶一樣連串下垂。

②『外台秘要方』　癭病方一十八首

《小品》癭病者、始作與癭核相似、其癭病喜當頸下、當中央不偏兩邊也。乃不急膇然、則是癭也。中國人息氣結癭者、但垂膇膇無核也。長安及襄陽蠻人、其飲沙水喜癭、有核瘰瘰、耳無根浮動在皮中、其地婦人患之。腎氣實、沙石性合於腎、則令腎實、故病癭也。北方婦人飲沙水者、產乳其於難、非鍼不出、是以比家有不救者、良由此也。療癭方。小麥一升。淳苦酒一升、漬小麥令釋、漉出暴燥、複漬使苦酒盡、暴麥燥、搗篩。以海藻三兩別搗、以和麥末令調、酒服方寸匕、日三。禁鹽、生魚、生菜、豬肉。

③『世醫得效方』卷三　控涎丹

凡人忽患胸背手脚腰胯隱痛不可忍連筋骨牽引釣痛坐臥不寧時時走易不定俗醫不曉謂之走注便用風藥及針灸皆無益又疑風毒結聚欲為癰疽亂以藥貼亦非也此乃是痰涎伏在心鬲上下變為此疾或令人頭痛不可舉或神意昏倦多睡飲食無味痰唾稠粘夜間喉中如鋸聲多流睡涎手脚重腿冷痺氣脉不通誤認為癱瘓亦非也凡有此疾但以是藥不過數服其疾如失甘遂去心紫大戟去皮白芥子真者各等分右為末煮糊圓如梧子大曬乾食後臨睡薑湯或熟水下五七圓至十圓如疾猛氣實加圓數不妨其效如神加味控涎圓一方見喘急類

（11）蔣凡『文章并時壯乾坤——韓愈柳宗元研究』一七九―一八七頁、上海教育出版社、二〇〇一年。

（12）唐柳柳州纂救三死方云、元和十二年二月得脚氣。夜半痞絶、腹有塊大如石、且死、且死、困塞不知人三日、家人號哭。滎陽鄭洵美傳杉木湯。服半、食頃大下三次、氣通塊散。用杉木節一大升、桔葉一升、無葉以皮代之、大腹檳榔七箇、合子碎之、童子小便三大升、共煮之一升半、分二服。若一服得決利、停後服。以前三死皆死矣、會有教者、皆得不死。恐他人不幸有類予病、故傳焉。

（13）唐柳柳州纂救死三方云元和十二年二月得乾脚氣夜半痞絶左脅有塊大如石且死。因大寒不知人三日家人號哭。滎陽鄭洵美傳杉木湯。服半食頃大下三次、氣通塊散。用杉木節一大升橘葉一升無葉以皮代大腹檳榔七箇合而碎之童子小便三大升共煮一升半分二服若一服得快利停後服已前三日死矣、會有教者得不死恐他人不幸有類予病故傳焉本事方（『醫説』）

(14) 〔唐〕柳宗元纂救死方　元和十二年二月、得香港腳、夜半痞絕、脅有塊大如石、且死。因大寒不知人三日、家人號哭、滎陽鄭詢美傳杉木湯、服半食頃、大下三次、氣通塊散。其方用杉木節一大升、橘葉一大升、無葉以皮代之、大腹檳榔七個、合搗碎之、童便三大升、共煮取一升半、分二服、若一服得快利、停後服。(『医学綱目』)

(15) 唐柳柳州纂救三死方元和仲春得乾脚氣脚氣有乾溼之分夜半痞絶左脇有塊大如石且死。因大寒不知人三日家人號哭滎陽鄭洵美傳杉木湯服半食頃大下三次氣通塊散用杉木節一大升橘葉一升無葉以皮代大腹檳榔七箇合而碎之童便三大升共煮一升半分二服若一服得快利停後服此乃死病會有教者乃得不死本事方（『名医類案』）

(16) 柳柳州纂救死三方云元和十年二月得脚氣夜半痞絶脇有塊大如石且死困不知人三日家人號哭滎陽陳洵美傳杉木湯服半食頃大下三行氣通塊散方用杉木節一大升橘葉切一大升無葉則以皮代之檳榔七枚童子小便三大升共煑一大升半分為兩服若一服得快即停後服此乃死病會有教者乃得不死恐人不幸病此故傳之。（『神農本草経疏』）

(17) （杉〔辛微温無毒。发明、杉气芬芳、取其薄片煮汤薰洗10瘡、無不获效、其性直上、其节坚劲、有杉木汤、治脚气痞絶、㑊下有块如石、方用杉节橘叶各一升、大腹槟榔七枚、连皮碎捣、童便三升、共煮减半服之、大下三行、气块通散、此郑间美治柳柳州法也、杉叶治風虫牙痛、同芎 細辛煎酒含嗽、杉子治疝气痛、一岁一粒研酒服。（『張氏医通』）

(18) 杉木湯本事方唐柳柳州云元和十二年二月得脚氣夜半痞絶脇有塊大如石且死困塞不知人三日滎陽鄭洵美杉木湯服半日食頃大小便三次氣通塊散用杉木節一大升橘葉一升無葉以皮代之大腹桹榔七個合子碎之童子小便三大升共煮一升半分二服若一服得快痢停後服（『蘭臺軌範』）

(19) 神農本草經疏　巻二十二　明　繆希雍撰
劉禹錫纂柳州救三死方云元和十一年得丁瘡凡十四日益篤善藥傳之莫救長慶賈方伯教用□蜋心一夕百苦皆已明年正月食羊肉又大作再用如神驗其用蜣蜋心在腹下度取之其肉稍白是也貼瘡半日許再易血盡根出即愈□蜋畏羊肉故食之即發其法蓋出葛洪肘後方

(20) 續名醫類案　巻五十五　錢塘　魏之琇撰
劉禹錫纂柳州救三死方云元和十一年得疔瘡凡十四日益篤善藥傳之皆莫知長樂賈方伯教用蜣蜋肉一夕而百苦皆已明年正月食羊肉又大作再用亦如神效其法一味貼瘡半日許可再易血盡根出遂愈蜣蜋心腹下度取之其肉稍白是也所以云食羊肉又大作者盖蜣蜋食羊肉故耳用時便禁食羊肉其法盖出葛洪肘後方也本草

(21) 石田秀実著『こころとからだ』、「踵息考」二七七―三一五頁、中国書店、一九九五年。

七　温庭筠（飛卿）疾病攷

温庭筠は山西省太原の人。本名は岐、字は飛卿。若い頃から頭脳明敏で天賦の才を有し、李商隠とともに「温李」と呼ばれた晩唐の詩人である。

温庭筠の生年に関する史籍の記載は見られない。旧来は唐穆宗長慶四年（八二四年）の説であったが、夏承燾の『温飛卿繫年』によると李商隠と同じ憲宗の元年七年（八一二年）と云う。ただ近年、陳尚君『温庭筠早年事跡考辨』は徳宗貞元一七年（八〇一年）の説を挙げ、梁超然『唐才子傅校纂』もその考えに同意している。従って生年としては貞元一七年を、そして咸通七年（八六六年）の死亡、享年六六歳が妥当のようである。

温庭筠もまた李商隠と同じく任官を志したが、彼の一生もまた不遇に終わっている。彼は、ある時は牛党のリーダー令孤綯に、またある時は李党のリーダー李徳裕に懇乞して、その無持操を批判されている。

李商隠と温庭筠の比較論を第一に挙げるなら、李商隠は自己の葛藤に苦しみ乍も、任官の為に耐え、その為、内向的思考が進んで挫折感、絶望感を凝縮させ、終には自己否定へと繋がって個性を有している。温庭筠は、任官への願望を持ちながらも、それに執着して自己の意識を束縛すること無く禍咎を招きつつも不満や失望を大胆に、外の世界へ向かって発散させるという個性を有している。だが結局『唐才子傅』に「竟に流落して死す」とあるように、咸通七年（八六六年）の冬に抑郁のために亡くなった[1]とされている。

温庭筠の詩文から肉体的疾患に関しては、他の文人達に見られる「疼」「痛」「眩」「頭風」「痺」「瘡」「風邪」などの記述は無く、ただ「病眼」が散見するのみである。

病眼開時月正員（「李羽處士故里」）

謝莊今病眼（「雪二首」）

病眼逢春一作相逢四壁空（「反生桃花發因題」）

「目に開竅し精を藏するは肝に於いてなり」（『素問』金匱眞言論篇第四）とあるように眼症状が現れる病因として肝は重要である。肝とは解剖学でいう肝臓を意味せず、むしろ自律神経に関わりが深い。肝の病態を引き起こす大きな理由はストレスによる肝気鬱結であり、温庭筠に於いては史実からして肝の病態と大きく関わっていたであろうことは想像の範囲にある。

臓腑は感情（一般には「七情」と呼ばれる七種類の感情）と密接に関わるとされており、肝と直接関わる感情は「怒」である。また肝と臓腑表裏の関係にある胆はその氣の不足により「胆怯」と呼ばれるおびえやすい状態になる。温庭筠の詩文を見ると、「恨」「愁」「怨」など心と関わる用語の使用例が非常に目立っている。

憂いは悲しみと共通する部分が多いと考えれば肺と関係する。恨み、怨みは七情に含まれていないが、強いていえば背景因子として怒り、おびえと関わる肝胆、悲しみの肺、さらには恐れの腎も関わろうか。以下に用例を提示する。

朱方殺氣成愁煙（「雞鳴埭歌」）

愁腸斷處春何限……終知此恨銷難盡（「李羽處士故里」）

山鬼揚威正氣愁（「夏中一作日病痁作」）

不盡長員疊翠愁……恨語殷勤隴頭水景陽宮女正愁…莫使此聲催斷魂（「觱篥歌」）

低回似恨橫塘雨（「惜春詞」）

酒裏春容抱離恨（「蘇小小歌」）

恨紫愁紅滿平野　野土千年怨不平（「懊惱曲」）

鬢態伴愁來……所恨章華（「齊宮」）

從來千里恨（「春日」）

毛羽一作羽薄斂愁翠……恨容偏落淚（「詠嚬」）

塵陌都人恨（「原青」）

已恨流鸎期一作欺謝客……所恨玳筵紅燭夜（「李羽處士寄新醞走筆戲酬」）

自恨青樓無近信（「偶題」）

獨一作猶恨金扉直綫一作九重（「投一作上翰林蕭舍人」）

愁腸斷處春何限……終知此恨銷難盡（「李羽處士故里」）

江海相逢客恨多（「贈少年」）

扁舟離恨多（「巫山神女廟」）

一蟬鬩樹愁　憑將離別一作別離恨「初秋寄友人」）

別恨轉難盡（「江岸即事」）
堪恨是東（春？）風（「敷水小桃盛開因作」）
并起別離恨一作念……登臨幾斷魂（「旅泊新津却寄□□一二知已」）
無限松江恨（「盧氏池上遇雨贈同游」）
至今留得離家恨（「過新豐」）
倚闌愁立獨裵回……添得五湖多少恨（「河中陪帥鼓吹作節度遊鼓吹有河字亭」）
悠然便一作更起嚴灘恨（「寒食前有懐」）
祇因愁恨事（「月中宿雲居寺上方」）
希逸無聊恨不同（「晩坐寄友人」）
吳妝低怨思　王孫又誰恨（「題磁嶺海棠花」）
杜陵遊客恨來遲（「自有扈至京師已後朱櫻之期」）
似將千萬恨（「二月十五日櫻桃盛開自所居躡履吟翫競名王澤章洋才」）
合歡桃核終堪恨（「新添聲楊柳枝辭二首の第一」）
千萬恨　恨極在天涯（「夢江南」）
怨魄未歸芳草死（「錦城曲」）
低抱琵琶含怨思（「醉歌」）
總袖時增怨（「觀舞伎」）
青春奈怨何……山愁縈翠蛾（「春日野行」）

蒼莽寒空遠色愁……呉姫怨思吹雙管（「回中作」）
冰簟銀牀夢不成（「瑶瑟怨」）
愁甚似春眠　木直終難怨（「感舊陳情五十韻獻淮南李僕射」）
埋血空成一作生碧艸愁（「馬嵬驛」）
愁聞一霎清明雨（「菩薩蠻十四首の第十一首」）
兩蛾愁黛淺（「菩薩蠻十四首の第十四首」）
蟬鬢美人愁絶（「更漏子六首の第四首」）
馬上聽笳塞艸愁（「贈蜀將」）

苦辛隨蓺一作蓺殖……眼明驚氣象　心死伏規模……低回傷志氣　蒙犯變肌膚……鼓枕情何苦（「開成五年秋以抱疾郊野不得與鄉計偕至王府將議遐適隆冬自傷因書懷奉寄殿院徐侍御察院陳李二侍御回中蘇端公鄠縣韋少府兼呈袁郊苗紳李逸三友人一百韻」）
幾年辛苦與君同　得喪悲歡盡是空　自憐羈客尚飄蓬（「春日將欲東歸寄新及第苗紳先輩」）
憂患慕禪味寂寥遺世情（「題僧泰恭院二首の第一首」）

彼の事歴を見ても庇護者の立場にある人を公然と批判したり、高齢になってから門衛と諍いを起こし傷を負い裁判に持ち込もうとするなど、心に何らかの障害があることが示唆される。そこで友人の精神科医K先生に相談したところ、明らかな精神障害と云うことはできないが、何らかの人格障害が示唆されるとして二つの病態を示唆された。

その一つは次のようである。「空気が読めないから」ではなく「読めているのに逆らってしまう」ということであるなら、その根底には「自己愛」を想定しなければならないのかもしれない。「自己愛性人格障害」の診断基準は以下の通りという。

1　批判に対して憤怒、羞恥、屈辱をもって反応する。
2　対人関係における利己性。自己の目的達成のために他者を利用する。
3　自己の重要性にまつわる誇大感
4　自分の問題が独自なものであり、特別な人間にしか理解されないと感じている。
5　際限のない成功、権力、才気、美貌、理想的愛情といった空想に没頭する。
6　特権意識。
7　他人の注目と賞賛を求めてやまない。
8　共感性の欠如。
9　羨望の感情にとらわれている。

多少の関与は否定できないものの、少しく異なるように感じるが如何であろうか。

第二の可能性としてあげられたのはアスペルガー症候群(2)である。一種の高機能な自閉症として知られているのだが、この病態の存在が知られたのはここ数十年、特に一般に認知されてきたのは一九八〇年代以降であり、学会としてもいまだ診断基準が確定されていない状況であるが、そのいくつかの特色を列記する。

「対人関係の障害や、他者の気持ちの推測力、すなわち心の理論の障害が原因の一つと考えられている。特定の分野への強いこだわりを示したり、時には運動機能の軽度な障害も見られたりする。」

「通常の人は、他者の仕草や雰囲気から多くの情報を集め、相手の感情や認知の状態を読み取れる。しかし彼はこの能力が欠けており、心を読むことが難しい。」

「多くの場合、彼等は行間を読むことが苦手あるいは不可能である。つまり、人が口に出して言葉で言わなければ、意図していることが何なのかを理解できない。」

「自分の関心のある分野に関して一人で長々と話し続けるような行動をとる場合がある。興味の対象に対する、きわめて強い、偏執的ともいえる水準での集中を伴うことがある。自分の興味のない分野に対しての忍耐力が弱い場合が多い。自分の興味のある分野に関しては他人に比べて遙かに優秀である。」

「学業において他人に勝つことに興味を持ったために優秀な成績を取る場合もある。」（時に興味のある分野であってもやる気を見せない、という意見もあるが、それは他人が同じ分野だと思うものが本人にとっては異なる分野だからだと思われる。例えば、数学に興味があるが答えが巻末に載っている受験数学を自分で解くことには興味が持てない、日本語の旧字体に興味はあるが国語の擬古文の読解問題には興味が持てない、など）。

「他人に自分の主張を否定されることに強く嫌悪感を覚えるという人もいる。高い知能と社交能力の低さを併せ持つと考える人もいる。」

そして確定的な事項として「社会に対し、非常に適応しにくい困難さをかかえている。あちこちで衝突が起こり、引きこもりになっていることも少なくない。自分自身に強いコンプレックスを抱え、二次障害でうつ病を発病したり、自殺志願を持つ人も決して少なくない。」

温庭筠に本症候群が妥当するかどうか検討を行った。

若くして才人の誉れ高かった温庭筠が、最後まで科挙に合格しなかったことなどはその一端かもしれない。『旧唐書』文苑伝下には以下のような記述が見られる。

文思清灑なるは、庭筠之に過ぐ。而も倶に操を持する無く、才を恃んで詭激たり。当に塗する者の薄んずる所爲り。名宦進まず、坎壈《かんらん》として身を終わる。

『楚辞九弁』に坎壈とは「兮貧士失職而志不平、一作廩」と説明される。

そこで先人達が温庭筠の詩詞を如何に見ているかを参看してみた。初めは、

星斗稀　鍾鼓歇　簾外曉鶯殘月　蘭露重　柳風斜　滿庭堆落花　虚閣上倚闌望　還似去年惆悵　春欲暮　思無窮

舊歡如夢中　（「花間集巻一更漏子六首の第二首」）

などを取り上げて、「温庭筠の時には退廃的とさえ思える感覚的な衰頽の美を通じて、そこに醸し出される凋落的な時代の風気に、大いに共鳴を憶えるものがあったが、反面さまざまな可能性を孕んだ詞を、艶情怨思という極く狭い殻に閉じ込める結果になった。」という指摘がある。(3)

次には、

寶函鈿雀金鸂鶒　沉香閣上吳山碧　楊柳又如絲　驛橋春雨時　畫樓音信斷　芳草江南岸　鸞鏡與花枝　此情

誰得知　（「花間集巻一菩薩鬘十四首の第十首」）

を取り上げて、「どんな題材でも温庭筠によると艶麗の詞にならざるを得ない。「詞は艶麗をもって工となす」という風潮は全く彼によって築かれたといっても過言ではない。彼は好んで「金」「繍」「玉」などの絢爛さを表現する字を用いている。心情よりも艶麗の表現が主である。」との指摘[4]も考慮に入れておきたい。

以上は温庭筠の表現の美しさを「艶」という言葉に集約できることを云うが、更に深く次のような指摘もある。「彼は美しい存在の時間の流れの中における有限性、滅亡への危惧を孕んだ不安定感に注目している。鬱屈した心情を抱きながら、それを自己の中で解決することを放棄し、時間の流れの中で、滅亡へと向かっていく、不安定な存在へ目を向けるという姿勢を共通して持っている。[5]」

ここで指摘されている有限性や不安定な存在へ目を向けているのは、自己解決の放棄によるのであろうか。私はそう思わないのだが、そのヒントになるのが次の指摘である。

以下のような詩を取り上げて、

敷水小橋東娟娟　照露叢所嗟非勝地杜甫詩勝地石堂偏　堪恨是東風　二月豔陽節　一枝惆悵紅　定知留不住　吹落路塵中　（「敷水小桃盛開因作」）

（＊惆悵とは『集韻』によれば「惆悵失志貌」とある。）

冰簟銀牀夢不成　碧天如水夜雲輕　雁聲還過瀟湘去　十二樓中月自明　（「瑤瑟怨」）

紅絲穿露珠簾冷　百尺啞啞下纖綆　遠翠愁山入臥屏　兩重雲母空烘影　涼簪墜髮春眠重　玉兔熉香柳如夢

錦疊空牀委墜紅　颼颼埽尾雙金鳳　蠭（蜂）喧蝶駐倶悠揚　柳拂赤闌纖艸長　覺後梨花委平綠　春風和雨吹
池塘（「春愁曲」）

朔音悲嘒管　瑤躡動芳塵　總袖時增怨　聽破復含嚬　凝腰倚風輭　花題照錦春　朱弦固凄緊　瓊樹亦迷人
（「観舞伎」）

次のように指摘する。「妓女や女道士を詠ずる際、彼女たちの身分や心情に対する関心はなく、ひたすら精緻な情景描写や甘美な音楽表現が詩句にちりばめられ、刹那的な悲しくも華やかな場面を客観的に作品化し、耽美的で一幅の絵画の如く、一場面を切り取るような手法で創作する（八頁）、またこの作品（「女冠子」）には、女道士の表現、仕草、姿態が具体的に美しく描かれているが、彼女の悲痛な思いなどは述べられていない。彼女の寂寥感を主題として集約することもない（七七頁）。そして鬱屈した心情を温庭筠が如何に処理するかという問題について鬱屈した心情を内面化し、つきつめて考えようとはせず、花という不安定な存在に意識が向かう。科挙に落第した直後の作品でも、引き起こされた「惆悵」という心情を眼前の花の中に拡散させてしまう。鬱屈した心情を抱きながら、それを自己の中で解決することを放棄し、時間の流れの中で滅亡へと向かう、不安定な存在へ目を向けるという姿勢」（八九―九〇頁）と記す。[6]

以上の諸先輩たちの指摘に対し、私は次のように考える。

指摘されるような「詠う相手の心情に関心がない」「突き詰めて考えない」のではなく、アスペルガー症候群という人格障害により相手の心情を理解することが出来なかったのではないだろうか。他人の心の有り様を忖度できないことを糊塗するために、過剰とも云える修飾語を用い焦点をぼかしているのではないだろうか。それが偶々「詞は艶麗をもって工となす」という風潮に合致しその代表者となったのではないだろうか。
　このように私は温庭筠がアスペルガー症候群であったのではないかと考えるのだが如何であろうか。

註

（1）http://baike.baidu.com/view/10577.htm
（2）http://ja.wikipedia.org/wiki/アスペルガー症候群
（3）青山宏「花間集の詞――その二」『日本大学人文科学研究所研究紀要』一二号、四四―五八頁、一九七〇年。
（4）雫石鉱吉「花間集と温庭筠」『関西外国語大学研究論集』四〇、一―一三頁、一九八四年。
（5）山本敏雄「温庭筠の文学の一側面」『東方学』七一、四六―六〇頁、一九八六年。
（6）桐島薫子『晩唐詩人考』中国書店、一九九八年。

付録　蘇軾（東坡居士）を通して宋代の医学・養生を考える

――古代の気候・疫病史を踏まえて『傷寒論』の校訂を考える――

宋代は印刷術の発展も相まって、様々な分野で学問の発展が見られた。例えば字書の『玉篇』（梁、顧野王、五四三年）は、北宋・陳彭年らの重修で『大広益会玉篇』となり、多くの版を重ねた。また字音、特に韻により漢字を分類した字書の「韻書」は『切韻』（隋、陸法言、六〇一年）から始まるが、同じく陳彭年らが選定した『大宋重修広韻』（一〇〇八年）が完本として今日に伝わる。[1] 医学においても例外でなく校正医書局の林億等による多数の医書の刊行が行われたが、その際どのような操作が加えられたのかを探ることも本稿の目的の一つである。

ＨＩＶ・ＳＡＲＳそして鳥インフルエンザと新たな感染症が陸続と発見され、その感染拡大にＷＨＯをはじめ各国が対策に追われている。しかし西洋医学的な疾病の理解・対策に疑問点が散見される。例えば二〇〇三年春の中国南部・ベトナム・香港などに端を発するＳＡＲＳ流行をもとにＷＨＯが発表した症状は、高熱と筋肉痛で始まり、次いで重篤な肺炎症状というものであった。ところがＮＨＫ報道によれば、実際の患者のインタビューでは「毛布を四枚重ねても治まらない寒気」を訴えている。この悪寒への言及が公式に見られない事実がある。後述するように悪寒の有無は狭義の傷寒病と時行・温熱病を区別する重要なカギであり、両者の治療法には厳然とした区別がなされるべきなのである。

救急臨床医学書たる『傷寒論』は、当然の事ながらその時代に流行した疫病に対応するものであり、張仲景により漢代頃にまとめられたとされる原『傷寒論』と、宋代に林億等により校訂され印刷された宋板『傷寒論』が同じものであるかどうかは、この疫病史と重ねて考える必要がある。

蘇軾（一〇三六―一一〇一年）はその父（蘇洵）・弟（蘇轍）と共に三蘇と呼ばれ、宋代の代表的な文人であり政治家でもあった。彼の残した数多の詩・詞・文章の中に医学・養生に関するものも比較的多く、しかも清代に生薬・養生に関する詞文をまとめた『東坡養生集』（王如錫、一六六四年）(2)を見れば、彼のその分野に関する知識が専門の域にあったことを示している。この書籍と『蘇東坡集』(3)に見られる詩詞の中における医学関連用語を検証し、彼の医学と養生に関する事跡を考察し、彼を通して『傷寒論』校訂の問題を含めて、宋代の医学・養生を概観することが本小論の目的である。蘇軾の医学に関しては優れた論考が既に発表されているが(4)、観点を異にする論理展開が出来るかと思っている。

なお当拙文の本文における中国の人名・書名および原文の訓読・現代語訳では、旧漢字・中国簡体字を一律に常用漢字・人名用漢字に改め、該当の常用漢字・人名用漢字がない場合はＪＩＳコードにある範囲の旧漢字とした。しかし「引用文献と注」では、旧漢字の中国人名・書名・原文はそのままとし、中国簡体字の場合は常用漢字・人名用漢字に改め、該当の常用漢字・人名用漢字がない場合はＪＩＳコードにある範囲の旧漢字とした。

一　蘇軾の道教（特に内丹法）との関わり

彼の一生は王安石の新法党と司馬光の旧法党の政争に翻弄され、位階を登りつめた時と失意の内に地方へ流謫《るたく》された時期の繰り返しであった。その生涯の類似もあってか彼は白居易を好み詩作の上でも大いに参考とした。

それは士太夫階級の基礎教養である儒教に留まらず、白居易と同じく道教や仏教に大きく関わったことにもあらわれている。(5)

養生面においては道教との関わりが大きく、その代表作である「前赤壁の賦」には「羽化して登仙す」の語も見られ、また「養生訣」には盤足叩歯・握固閉息・内観五蔵・調息漱津などの道教用語が見られる。道教の中でも特に内丹による方法を重視したが、後述するように当時の道教は仏教の知識を採り入れており、彼の仏教への傾倒も内丹法の理解・実践に裨益したと思われる。『東坡養生集』第九巻調摂の中に「龍虎鉛汞説」がある。そこに「坎離交われば則ち生き、分かれれば則ち死す。必然の道なり。離は心為《た》り、坎は腎為り」「龍は汞なり、精なり、血なり、腎に出でて肝これを蔵す、坎の物なり。虎は鉛なり、気なり、力なり、心に出でて肺これを主る、離の物なり。心動けば則ち気力之に随いて作す。腎動いて則ち精血之に随いて流れる」とあり、ここに見られる思想は「心腎相交」の重視である。同様の思想は、同じ巻にある「続養生論」にも見られ、そこでは更に五行や喜怒哀楽との関連を踏まえた論が展開されている。水銀や鉛といった有害重金属を用いる外丹法に代わって、体内の精・気・神の三要素を完全無欠の状態にすることで、その役割を果たすという内丹思想が明瞭に示されている。内丹法の歴史は注(6)を参照されたい。

二　宋までの気候・疫病史

中国は古代よりたびたび伝染性疾患の大流行に見舞われてきた。「疫」や「瘧」「瘴癘」の語はこの意味で使われていた。『黄帝内経』『傷寒卒病論』における「瘧」の意味もこの観点から再考すべきであろう。疫病の歴史を概観してみる。

『礼記』月令に「孟春の月に秋に発すべき命令を下し、これを行おうとすれば、人民の間に悪病がはやる」[7]、「孟秋に夏の命令を下せば、国中に火災が多く、寒暑が入り乱れ、人民の間に悪い病気がはびこる」[8]という古代の考えがある。

前漢後期（前一世紀頃）に疫病は著明に増加し、大小の流行は十八回に及んだ。さらに後漢治世（紀元二五―二二〇）の一九六年間には正史に記されているだけでも二二回も疫病は猖獗した。いつの時代でも政治的に安定している時は、人民は供薬や減税などの恩恵を受けることが出来るが、戦乱の時期には国家の防疫体制も不十分となり、一層大流行をすることになる[9]。異常気象と飢饉・疫病の三者は相互に密接な関連がある[10]。

この間の気候変動を見てみる。基本的に初夏の旱魃と秋の洪水が問題となるが、一〇年ごとに見ると、前漢後期の内、特に前五〇年以降に洪水と旱魃が増加し始め、紀元一〇〇年から一五〇年にかけては中国古代で最悪の発生件数となる。そして一四〇年から三世紀にかけては「小氷期」と呼ばれる寒冷期が重なる。自然災害の増加は農民などの反乱、地方民族の流入の増加件数とも符合する。こうした混乱状況は初め黄河流域に起こり、徐々に南へと拡大する傾向にあった。魏晋南北朝期三六一年間には七四回、実に五年に満たずして流行があったが、この間の紀元二五〇年から三四〇年にかけては、古代史上二度目の多くの洪水・旱魃の発生が見られた時期である[11]。

こうした気候は中国・韓国・日本で同じような傾向が見られ、それぞれの史書や理学的研究を相互に参考にすることが役立つ。例えば日本での研究によると、七―九世紀は冷涼期、一〇―一四世紀は温暖期、そして十五―十九世紀は寒冷期となる[12]。

紀元四六八年一〇月の豫州疫では実に一四、五万人が死亡したという。隋代には江南の土地が下湿であり瘴癘に苦しみ夭折する民が多かったという。煬帝が高麗出征に失敗した理由も大水と疫疾による被災といわれている。唐代末に当たる九世紀半ば以降には農民暴動が頻発し、ウイグル族の侵入もあり、九〇七年に唐は滅ぶことになるが、冷涼期が終わりかける時期に相当する。唐代の二五五年間に大流行は二一回であり、その特徴は疫病発生の時期に春・夏が多いことである。夏が七回、春が五回である。また史書に「横屍路に満ち、埋瘞する人も無く、臭気は数里も薫り、爛汁は溝洫に満つ」（『南史』侯景列伝）と記された如く[13]、従来放置されていた遺体を、当時から穴に埋める処置が執られ、防疫面で重要な役割を果たしたことも知られている。

宋代は四二回の疫病流行を見たが、特に南宋時代に多く、全体の六七%に当たる二八回は南宋時代に発生している。北宋時代（九六〇年から）は平均一二年に一度であるのに対し、南宋（一一二〇―一三六八年）では五年に一度であった。上記したように気象上はこの宋代は全て温暖期に相当するが、南宋は湿潤温暖な土地柄という地理気候上の影響もあり、さらに常に遼民族（金）の圧迫を受け、政情が不安定であった政府の防治政策の不十分さが大きく影響したと考えられる。

宋代の疫病の発生時期を見ると、唐代と同じく春夏の時期が多く二二回を数え、冬季を遙かにしのぐ。唐代以降、五代・十国時代という混乱期を経て、宋代には温暖期という気象学上の理由が加わり、時行病や温熱病が多発したことが十分示唆される。

別の史料[14]により具体的な気候変動を見てみよう。

隋唐、宋の時期は現代に比べ年間降水量はかなり多く、寒冷期の終わりから温暖期に移行する時期であり一般には温暖であった。宋初には中原の南陽地区でも熱帯動物の野生の象が居たという。隋唐三〇〇年間に洪水は増加し、旱魃は減少した。それぞれの大きな被害は洪水が旱魃の三倍であったが、温暖期に入る宋以後は旱魃が洪水を上回るようになった(15)。

中原地区の異常気象と、近接する疫病の発生を重ね合わせてみると(16)、比較的近い時期に災害と疫病流行があることが分かる。

六八七年春（唐）　京師より山東に疫。

六九三年五月　黄河下流に洪水。

七九〇年夏　淮南、浙西、福建疫。

七九二年　秋に大雨洪水。六、七月にも大雨洪水。

八六一年　十数か月に及ぶ旱魃。

八六九年　宣歙両浙疫。

八九一年春　淮南疫。

八九三年秋（唐）　陝、晋、豫に大旱。

九八三年（北宋）　特大洪水。黄河はじめ四水が決壊。溺死者万余。

九九三年秋　七月より大雨、九月も止まず、河南に大水。また黄河決壊。

九九四年六月　京師疫。

一〇八九年　杭州大旱、飢疫。

一〇九三年（北宋）　四月より八月まで大雨、昼夜止まず。畿内、京東西、淮南、河南北諸路大水。

このように異常気象は各世紀の九〇年代初めに発生するという百年周期性を示した。その多くは暴雨洪水である。その後も同じ傾向は続き、しかも一四世紀以降は毎世紀の五三年と九三年に異常気象が発生した。ほぼ六〇年と四〇年ごとに天災が来ることになる。これは癸丑、癸巳、癸酉歳に発生することを示している。

蘇軾在世間（景祐三年―崇寧元年）の疫病の記録を年代順に見ると、(17)

一〇四九年二月、河北疫。使いを遣わし薬を賜う、七月諸州の歳を招き薬を市し、民の疾を療す。

一〇六〇年、京師大疫。四月聖兪疾を得て卒す。

熙寧歳（一〇六八―一〇七七）、呉越大疫。

一〇七五年、南方大疫。両浙富貴の区別無く皆病む。死者十に五、六有り。

一〇七六年春、大疫。凡そ死者は在処に随収せしめ之を瘞《うず》めるを法とす。

一〇九二―四年、京師疫。

このように少なくとも記録されているだけでも六回疫病流行があったことが分かる。蘇軾は一〇八九年から杭州、一〇九一年京師、さらに頴州、揚州と続く太守在任中、飢饉について「田有るも人無し、糧有るも種無し、種有るも牛無し、、殍死の余り、人は鬼臘の如し(18)」と記し、民の困窮見るに忍びず、後述するように政府の援助を度々を求めている。

次に寒冷時期を列記すると、(19)

前七一年（漢）最大の降雪。

前四三年　に霜降り草木枯れる。

前二一年四月（現在の五月）最晩の降雪。

前一一年四月（現在の五月一二日から六月一二日の間）最晩の降雪。

一六年（漢）最大の降雪。

五八年（後漢）六月（現在の八月八日）に早霜。

一九九年（後漢）夏六月（現在の七月一一日から八月九日の間）寒風冬の如し。

二三五年（三国呉）に早霜。

三三六年（後趙）に記録的遅霜。

三七四年（前燕）八月（現在の九月二一日から一〇月二〇日の間）暴雨雪により旅役の者凍死者数人、士卒飢凍死者万余。

四八五年（魏）六月（現在の六—七月）に一番の遅霜。

七〇三年（唐）早くから寒気襲う。

八一七年　夏に河南に雨雹。凍死者有り。

八八二年（唐）七月（現在の八月一八日から九月一五日の間）に大雪寒甚。


漢代から五胡十六国時代迄は基本的には寒冷の気候が多く、狭義の傷寒病に対する治療が奏功すると考えられる。そういう意味からも張仲景の原『傷寒論』は有効であったと考えられる。それに対し、上記したように隋唐宋は基本的には温暖多雨の時期であり、温熱病系統の治法が必要とされ、その意味からは宋板『傷寒論』の治法の変化が必要とされたであろうことが推測される。しかしその中にあって、このように傷寒もしくは時行寒疫に罹患する可能性が高い気候の混在も明らかである。臨床症状、特に悪寒の有無・程度などの履歴を慎重に問診しないと、治療を誤る危険性が高かったといえよう。

これに対し冬暖や夏の酷暑の記録は、前八六五年（周）、四〇四年（後燕）、九三四年（後唐）に夏の酷暑の記録があるが、次は一五〇八年（明）のみである。また冬暖の記録は一六〇四年（明）一〇月（現在の一一月二一日から一二月二〇日）に桃花、牡丹が咲き春の如しとあり、冬期の最低気温が一〇度以上であった。同様の温暖気候は一四六九年（明）、一六三八年（明）といずれも明代に見られる。明清代に温熱病に対する治療書が刊行され、所謂「温病」の治法が完成されたのも、こういった時代背景を考えれば当然といえよう。宋代は寒冷期から温暖期へ移行しつつあった時期とはいえ、未だ甚だしい湿熱邪侵襲の時期には至っていなかったといえよう。

三　聖散子方から傷寒と時行寒疫を考える

蘇軾の医学・養生への関心の深さは『東坡養生集』などに明らかである。例えば巻二の「方薬」では「服胡麻賦」「石芝詩」「松脂」「地黄」「茯苓」「益智」「蒼朮」など多彩な生薬に関する記述が見られる。同巻中に「聖散子叙」の記述があり、彼の詩文は既に当時の社会に多大の影響力を持っていただけに、この処方への彼の推薦文が、宋代及び後世に多大の悪影響を及ぼしたことで知られている。後述する『医方類聚』に「この薬は寒疫を治するもので、東坡が序を作ったので天下に通行した。辛未の年の永嘉瘟疫の被害者の数は数えられないほど多かった」と記載されている。

本処方は彼が著者の一人とされている『蘇沈良方』（蘇軾、沈括撰、一〇七五年）巻三に出ており、『鶏峰普済方』（張鋭、一一三三年）巻五には「聖沢湯」として、また『太平恵民和剤局方』（一一五一年に改名して刊行）には「聖散子」として発表されている。両書に多少の字句の相異はあるが、『和剤局方』の記述では「傷寒、時行、疫癘、風温、湿温を治し、一切の陰陽両感を問わず、表裏を未だ弁ぜず、或いは外熱内寒し、或いは内熱外寒し、頭項腰脊の拘急疼痛、発熱悪寒、……並びて之を服すに宜し」とある。その構成生薬は附子、麻黄、細辛、高良姜、草豆蔻、藿香などの温熱薬が主であり、後述するように主たる対象疾患は狭義の傷寒であろう。ただ附子などの温熱薬が主薬である以上、『和剤局方』等が記している「広義の傷寒病に広く適応される」とする論は非常に誤解を受けやすく危険である。本処方は『医方類聚』巻五十二和剤局方や『無求子活人書』『永類鈐方』でも取り上げられている。

「聖散子叙」に「もし時疫流行すれば、大釜で之を煮て、老少良賎を問わず、どんぶり一杯飲めば……飲食は常の倍になり、百疾が生ぜず、衛家の宝なり」「黄州に謫居（一〇八〇―八三年）の年に時疫があり、この薬を散じて用い大いに有用であった」という趣旨のことが記されている。このように彼はこの薬の効果を身を以て経験し、この推薦文を書いたと思われる。

『傷寒総病論』（一一〇〇年成立）の巻四「時行寒疫論」の記述[20]に「『諸病源候論』に載っているように、……春分以後より秋分節前に至る間に、天に暴寒有れば、皆な時行寒疫なり。……その病は温病、暑病と相似たり。但だ治に殊《こと》有るのみ」とある。時行寒疫に関する記述は宋板『傷寒論』傷寒例第八条文、『諸病源候論』時気候第三条文、『外台秘要方』天行発汗第三条文にも見られる。傷寒例を除き、そこには「時行寒疫、一名時行傷寒」と記されている。そして興味深いのは時気病全般に用いられることがない附子が、この時行寒疫には使われているのである。このことは後述するが、まず広義の傷寒病について考えてみよう。

漢代に張仲景が編纂したとされる『傷寒論』は、『難経』五十八難でいう所の広義の傷寒に含まれる五種の疾病の内、狭義の傷寒に対する治法を記したものであったろう。そのことは『太平聖恵方』巻九や『千金方』傷寒発汗などに見られる附子などの辛温薬を多用する傷寒治法の存在からも推測できる。聖散子方もこの範疇に属する方剤といえる。これに対し宋代に校正医書局が『傷寒論』を再編纂するに当たって参考としたのは、太陽病では発汗にさいしても辛温薬をあまり用いない『太平聖恵方』巻八（これが宋板『傷寒卒病論』の序文にいう高継沖が進上したという本であろう）などに見られる傷寒治法と考えられる。

『素問』熱論篇第三十一の冒頭を見ると、「黄帝問いて曰く、今夫れ熱病は皆な傷寒の類なり。…岐伯対えて曰く、……人の寒に傷らるれば、則ち熱を病むと為す。熱は甚しと雖も死なず。其の寒に両感して病めば必ず死を免れず」とある。多少字句の異同はあるが、同様の文は『諸病源候論』巻七、宋板『傷寒論』傷寒例、『外台秘要方』巻一にも見られる。

ここで論じられている傷寒は熱病の範疇ということになる。つまりこの条文の記述を厳密に表記すれば、「熱病（としての）傷寒（広義）」にさらに「熱病（としての）傷寒（の中の）傷寒（狭義）」や「熱病傷寒熱病（狭義）」「熱病傷寒中風（狭義）」となろう。さらに当然ながら寒邪による病態は発熱だけでなく、下痢したり、吐いたり下したりすることもあるが、必ずしも発熱を伴うものばかりではないのは臨床的事実である。上述したように、張仲景が原『傷寒論』を著した漢・三国時代には寒冷気候が主であり、傷寒病が流行することが多かったと想像できるのに対し、寒冷期が終わり温暖期への移行が始まり、温暖多雨が目立ち始めた唐・宋時代には、疫病にも大きな変化があったことが窺われる。特に宋代以降には温熱病の流行が示唆され、狭義の傷寒から時気病・熱病（広義の傷寒には含まれる）への変化に対応する必要があり、その結果として、より広義の傷寒への対応を目的とした現伝の宋板『傷寒論』が出来上がったと考えられる。

太陽・陽明・少陽の三陽病期の傷寒治法に際しての発汗法として、最も有効なのは附子・烏頭や、『外台秘要方』の引く仲景『傷寒論』や宋板『傷寒論』が「五辛の禁」として禁じた葱白などの辛味の生薬であることを先ず認識する必要がある。狭義の傷寒に葱白を用いることは、『医心方』巻一四傷寒の引く『葛氏方』『千金方』や『外台秘要方』の引く『肘後方』にも見られる。

これに対し急速に悪寒が消失し熱化する、或いは当初より発熱を主とする時気病・温熱病に対しては、当然ながら附子などの使用は制限されることとなる。このことは『太平聖恵方』巻九（傷寒日期）、巻十五（時気病日期）と巻十七（熱病日期）との使用薬物の比較検討で明らかとなる。附子は時気病、熱病では、一部の例外（後述）を除き全く用いられておらず、傷寒でも陽病初期の発汗剤としてのみ用いられている。柴胡は熱病の第一、三日に使用が多いのに対し、傷寒では四日、六日（陰病期）に多くなり、熱病系の生薬であったことが推測できる。つまり宋板『傷寒論』で少陽病期（二日）に頻用される柴胡は、日期比較から考えれば、元来熱病に対する使用法にのっとっており、宋板『傷寒論』が熱病系統の治法を体現していることの一つの証といえる。

さて時行寒疫（時行傷寒）の治療だが、『太平聖恵方』巻十六は巻十五に続いて時気病を扱っており、その最後第十四門に「治時気瘴疫諸方」二十六道がある。「瘴」は南方用語で、北方の「傷寒」と同意である。[21]つまりここは時行寒疫の治法を述べた箇所といえる。この門に乾姜、細辛、桂心、川椒などと共に、二十六処方中の八処方に附子・烏頭・天雄といった通常の時気病では使用制限されている温熱薬が使われている。ちなみに同書の十二門「治時気令不相染易諸方」十一道中にも二処方に烏頭が使われている。

このように時行寒疫は狭義の傷寒治法と同様に、時気病としては珍しく温熱薬も用いられており、症状にも『傷寒総病論』巻四「時行寒疫論」にも記されているように温熱病と非常にまぎらわしい部分がある。また本書の「傷寒異気を感じ温病壊候并びに瘧証と成る」の項には[22]「以上四種の温病、王叔和の謂う所では同病異名、同脈異経なり。風温と中風の脈同じ、温瘧と傷寒の脈同じ、湿温と中湿の脈同じ、温毒と熱病の脈同じ、ただ證候異なりて用薬に殊有るのみ、誤りて傷寒を発汗する者は、十死に一生無し」とあり、診断治療の難しさが記されている。

本書は蘇軾と交誼のあった当時の代表的な医師である龐安時（字は安常、一〇四二―一〇九九年）の著である。ちなみに本書には、宋代の代表的文人である黄庭堅（一〇四五―一一〇五年）の後序と共に、「傷寒論を恵示し、真に古聖賢救人の意を得、あに独《た》だ伝世不朽の資と為すのみならず、蓋し已に義は幽明を貫かん」という蘇軾の手書が載せられている。(23)

さらに『蘇東坡続集』巻八の「聖散子後序」にも蘇軾が杭州流謫の時にも疫病が流行し、聖散子が奏功したことを記す「聖散子の疾を主る功効は一つでない。去年の春に杭州の民が病んだときにもこの薬は非常に効いた」という記述があるが、この処方が効いたことからも同じく寒疫であったと思われる。ここでいう昨春とは一〇九〇年であり、杭州は寒疫が流行した年と考えられている。その前年の春に彼は杭州に赴任したのだが、その年の一一月に彼自身が寒疫に罹患し、そのとき聖散子が有効であった経験が、ここに記されている杭州大疫の時に役立ったのであろう。

蘇軾が遭遇した杭州大疫（一〇八九―一〇九二年）の時、彼はその洪水と旱魃による飢饉と疫病の状況を見て、北宋朝廷に供米の減免、粥薬の提供、医師の派遣願いを奏上し、下賜金を得て病院の建立に賛助した。(24)また政府も医薬恵民局を作り既製処方の提供を行った。そのときの杭州の惨状を彼の「杭州上執政書二種」(25)の記述を見ると「去年杭州中部は、冬に雷が鳴り大雨のため太湖の水は溢れ、春になってもまた降り続き……稲は水没してしまい、……五、六月になっても、種から芽が出るのは十の内四、五に過ぎない状況である。しかもこれに続いて、逆に日照りとなる有様で……元豊以来、民の艱難ひどく、軾は今まで三回も奏上したにもかかわらず、未だ報われず……」、とある。

もう一書には「杭州西部の淫雨颶風の災はひどく、……熙寧以来の飢疫の災たるや……譬えれば、衰羸久病の人であっても、平時なれば何とか自分（の状態）を保持することができるのに、このように風寒暑湿の変に遭えば（堪らず死に至るような状況である）。……八月末には秀州で数千人が風災を訴えた際にも、吏は……風災の訴え無しとし拒閉して（上書を）納めなかった。老幼相騰し、践死する者は一一人であった。（ところが）まさにその事を按じても……吏の中で災のことを言いたがらない者は蓋し一〇人の内九人に及ぶことを察して欲しいものである。……四月、杭州中部には麦が無く、七月になって初めて新穀を見る筈なのに、五月以来米価はまた高騰している。……（幸いなことに）去年は恩賜により上供米を三分の一に減らして戴き（何とか持ちこたえることができた）が、……（今年も）若し愚計を用いて下さらなければ、来年には流浮盗賊（が多発すること）を憂い恐れるものである」とある。天災と人災の害がひどいことがよく理解できる。さらに蘇軾の全集には祈雨や祈晴の祝文が非常に多い[26]のも、当時の気候不順をあらわす資料として貴重である。また現在も西湖に残る蘇軾堤の工事を申請した文[27]も、灌漑事業により災害を少しでも減らそうとする蘇軾の考えのあらわれといえる。

このように蘇軾が杭州に赴任していた頃は、冬雷・洪水・多雨と風寒湿邪の侵襲が多かったようで、基本的には狭義の傷寒や時行寒疫が妥当する時期であった。従って聖散子が有効であり、彼自身は本方剤による害を経験していないようであるが、龐安時が記しているように時行寒疫は温熱病と非常にまぎらわしい部分があり、特に金に圧迫され南宋になってからは暑湿が増え、温熱病や時行病が流行する機会が増えたと考えられ、後世に「病者が之を服して十の内一も生きなかった」と記される事態になったのであろう。

宋金の時代は運気論でいう「凶風」のもたらす病気と考えられるペストなどの熱性伝染病が流行した時代であ

り、この時代に「虚風」に対する治法理論が運気論をもとにして生まれた。この運気論により、病理・病因論を中心に中国医学理論はこの時代に大きく変化し、この運気論の枠組みに従って『傷寒論』の解釈も変わっていったという見方[28]も出来るのである。

このように用薬の観点、或いは運気論的な見方を含めて、宋板『傷寒論』を分析した結果、実に多くの観点から本書のあり方が、狭義の傷寒病に対する治療書ではないことが明確になってきている。その詳細は別の稿を建てることにするが、重要なのは傷寒書は本来救急臨床書であり、その時代に流行していた疫病に対応せねばならないという大前提があり、従ってその時代の疾病構造に基づいて内容を変えていくべきものなのである。

その結果『素問』熱論篇に記述されている「陽病発汗、陰病吐下」の原則は宋板『傷寒論』では小字注などの形で温存されてはいるものの、書き換えざるを得なかったといえる。たとえば第一病日の太陽病のみが発汗を主治とするようになり、第二病日に本来第三病日であった少陽病が移動し、和解という治法が生み出された。さらに第二病日であった陽明病は第三日へ移動し、本来第五、六病日という陰病期に存在した下法が早ばやと導入された。『素問』流の「陰病吐下」が陽明病期へ移動した結果、陰病期には新たに温裏法が導入されるように変化していったのである。これらの新しい治法は成無己『注解傷寒論』以降に普及する。傷寒・時行寒疫における発汗剤としての附子の役割も、宋代に流行した時気病・熱病にのっとって作られた宋板『傷寒論』では、陽病期での使用が制限されるようになり、陰病の温裏薬としての役割が重視されるように変わっていったといえる。

四　詩詞に見られる蘇軾自身の疾病

詩詞の中で三〇代半ば頃より既に「老」「病」を詠っている。新法党と旧法党の政争に巻き込まれたことは、大きなストレスを生み「肝気鬱結」を来たし、全身の気の流れの阻滞を引き起こしていたであろうことは十分推測できる。肝気鬱結は五行相克理論を当てはめれば「木乗土」となり胃強脾弱をもたらす。詩詞から窺われる蘇軾の飲酒や喫茶による多飲の習慣は、その基礎にある脾の虚弱による水液代謝の失調から、痰飲・湿邪を生むことになる。直接的な気滞とこうした痰飲を介する気滞が相まって、全身の不調が起きやすくなっていた上に、蘇州などの低湿地への赴任、さらに寒湿、湿温などの気候不順が重なれば、種々の疾病を来す可能性は高い。医学や養生への深い関心はその結果であると思われるが、数次の流謫、生を脅かす辺境の地への放逐が、生き残りへの意欲と闘志を促したことが、蘇東坡が養生健身に執着した理由であるという解釈[29]も一理あるが、龐安時など専門医師との交流を通して培った知識を、自分の文章力を通して、広く江湖を裨益したいと考えたこともその大きな理由であったと考えられる。

元祐五（一〇九〇）年、蘇軾五五歳の時の詩『臨江仙（疾瘉えて望湖樓に登り項長官に贈る）』[30]に「多病にして休文（＝沈約）のように痩損して、金飾りの付いた帯を腰に垂らすことに堪えられない」とあるのは、五五歳という年齢から腎虚の可能性もあるが、湿邪が腰部に阻滞した結果とも考えられる。

「病」を詠う詩詞が多い中で、特に目を引くのは眼症状について詠ったものである。巻十、熙寧六年九月作の『九日臻梨遂を尋ね小舟を泛かべ勤師院に至る。二首』[31]の第一首に「白髪長く歳月の侵すを嫌う、病眸兼ねて酒杯の深きを怕る」、第二首に「笙歌叢裡身を抽んでて出で、雲水光中眼を洗いて来る」、また巻十五、元豊元年三月（四三歳）作の『寒食日に李公択の三絶に答えて次韻す』[32]には「城を巡りて已に塵埃に困《くるし》み眯《くら》む、朴を執り仍お蟣蝨に遭うの縁。布衫を脱ぎ素手を攜えんと欲し、試みに病眼を開き黄連を点ず」とある。清熱薬の黄連を点眼するということは目に炎症があったのであろうし、その原因は塵埃や虫ということであろうが、背景因子として肝鬱による肝火上炎が絡んでいることも考慮すべきかもしれない。

また巻廿『安国寺に春を尋ぬ』[33]には「花を看て老いを嘆き年少を憶う、酒に対し家を思い老翁を愁う。病眼羞じず雲母の乱るるを、鬢絲強いて茶煙の中に理す」とあるが、ここでいう雲母の乱れとは老化による硝子体の混濁であろうか。また『徑山に遊ぶ』には「乞水を竜に問えば洗眼に帰す、細字を看んと欲して残年を銷《と》かす（龍井で病眼を水洗し有効）」、『再び径山に遊ぶ』にも「霊水で先ず眼界の花を除く（竜井で病眼を水洗し有効）」とある。眼病は「雲母の乱れ」や「眼花」のようであるが、いずれも肝気鬱結に起因する肝火が眼に波及したものであり、根本はストレスであろう。老化と関連する「腎」とストレスと関連する「肝」は五行相生の母子関係であり、相互に密接に関わる。そういう意味で直接腎と関わるのは耳症状であるが、難聴を読んだ詞がある。巻十八の『秦太虚戯れに耳聾を見るに次韻す』[34]の「晩年更に似たり杜陵翁、右臂は存すと雖えど耳先ず聵す。……眼花乱れ墜ちて酒は風を生ず……人生の一病今先ず差えたり……今君疑うや我れ特に聾を佯《いつわ》らん」と。ただ難聴は腎虚以外にも、例えば痰飲が耳という清竅を巡ることが出来ずに生ずることもあり、上記した腰酸重にしても湿邪停留が原因とも考えられることから、病因の特定は難しい。ただ気候や飲酒・喫茶の習慣による湿邪の停留はあるにしても、背景としての肝腎両虚は間違いなさそうである。

次に彼が悩まされた疾病に痔がある。聖元二（一〇九五）年の作と考証される『行香子』[35]を見よう。「但一回の酔、一回の病、一回の慵」とあり、この考証[36]によると、同年七月に痔疾発症し、八月に癒えたとある。『文集』巻五十四にある『程正輔に与える七十一首』の五三に「蘇軾は昔から痔疾に苦しみ、既に二一年になる。近頃ひどくなり百薬が全て効かない。ついに摂食と清潔に努め、酒・肉・塩・酢の食品を断った。凡そ味のある者は全て断ち、粳米飯もやめ、ただ薄味の麺のみを食した。……多くの日数が経ったが、気力も衰えず、しかも痔も漸く軽快した」とある。この詞は見つけられなかったが、『蘇東坡続集』巻十二「書簡」の中に『程正輔に提刑を与える二十四首[37]』があり、そこにも「苦痔」「苦痔無情」といった記述が見られる。さらにこの中に興味深い記述がある。「温胃薬を承服して旧疾も失去し……また温と平行して気薬を服するのみ、……肉蓯蓉により大便が少しばかり楽になる」。肉蓯蓉は温裏通便薬であるから、温胃薬の服用と併せ考えれば、基本は裏寒状態にあり、さらに気薬の使用から気滞も考えていると判断できる。

このような疾病を背景とし、また龐安時等との交流により、医薬・養生に深く関わってきた蘇軾は、上記した著書『蘇沈良方』八巻・『拾遺』二巻（蘇軾、沈括撰、一〇七五年）以外にも『坡仙集』十六巻（蘇軾、李贄・程明善著）などの医書の著者の一人として知られている。なお医学理論面では、弟・蘇轍が『龍川略志』の中で展開する「三焦有形論[38]」は興味深い。

五　結　語

（1）　蘇軾の詩文を参照しながら宋代の医学・養生を検証した。

（2）　宋以前の気候変化及び疫病史を参照することで、漢代と唐宋代の救急医学書である『傷寒論』のあり方の違いを窺うことが出来た。
（3）寒冷気候が主であった漢から五胡十六国までは狭義の傷寒に対する治療が必要であった。
（4）寒冷期が終わり温暖期に入り始めた唐宋代には、時行・温熱病にも対応できる、つまり広義の傷寒に対する治療が必要であった。
（5）それ故に宋代の校正医書局による医書再編纂事業に際しては、漢代にまとめられた原『傷寒論』の内容を書き換える必然性があった。
（6）宋板『傷寒論』の書き換えに関しては、多くの証拠を見出すことが可能であるが、その詳細については別の論考で行うことにする。
（7）詩詞を参考して、蘇軾の疾病についても考察した。

註

（1）岩井祐泉「『傷寒論攷注』を読む会資料」二〇〇四年二月七日。
（2）『東坡養生集』（上下）、『中國科學院圖書館藏善本醫書』一・二所収、中醫古籍出版社、一九九〇年（北京）。
（3）王雲五主編『蘇東坡集』一―六、臺灣商務印書館、一九六七年。
（4）魏啓鵬「蘇軾与医学」『四川大学学報叢刊』六（蘇軾研究専集）、一三一―一三八頁、一九八〇年。
（5）小髙修司「白居易（楽天）疾病攷」『日本医史学雑誌』四九巻第四号、六一五―六三六頁、二〇〇三年。
（6）李遠国著、大平桂一・久代訳『道教と気功』（人文書院、一九九五年）を参考にして概観する。
内丹法は漢魏晋代に登場しており、その当時の最も重要な経典は王羲之が書写したことで名高い『黄庭經』である。そして内丹法は隋代に広く知られるようになり、唐代には重金属類を内服する外丹法が全盛期を迎えているが、一方では蘇元朗などの「性命雙修」を基礎理論とする内丹法が大きな影響力を持つようになった。そしてこの道教理論は広く医学にも応用されるようになり、隋唐代の代表的医書である『諸病源候論』（六一〇年、巣元方）、『備急千金要方』（六五五年頃、孫思邈）、『外臺秘要方』（七五三年、王燾）には気功内煉法に関する記述が見られている（一一三―一三五頁）。

唐末五代に活躍した鐘離権・呂洞賓の『鐘呂傳道集』に見られる「眞仙論」をはじめとする十八論は系統的な内丹法理論となった。五代の内丹法の特徴は、①道教の天人合一の世界観と宇宙論から演繹された人体生命観の上に構築されていること、②内丹修練の功法が系統的に整備され、築基、還精補脳＝煉精化気（＝後の小周天）、胎息＝煉気化神（後の大周天）、煉神還虚の四段階から成り立つこと、③仏教の学説である「止観」「禅定」から様々な要素を大量に採り入れていることにある（一三五―一四五頁）。

宋代になると有毒鉱物薬を用いる外丹法の健康に及ぼす害がようやく明らかになり衰退に向かい、いっそう内丹法が道教煉養法の中心となった。五代の理論を引き継いだのは張伯端である。彼の著した『悟眞篇』（一〇六九年）は後漢の『周易參同契』（魏伯陽撰）と共に内丹理論の双璧といわれている。内丹修練の過程は四段階に分かれていることは上述したとおりだが、詳述すると、初段の「築基」は気功により身体機能を修復補強し、精・気・神の三要素を完全無欠の状態にすることによる、性命双修（身体と心の修行を両方行うこと）である。第二段階の「煉精化気」は先天の元精を修練して、精と気の融合物に変化させることで、主に命功（身体の修行）に重点が置かれる。第三段階は「煉気化神」で、気と神を併せて修練し、気を神に帰着させることで、主に性功（心の修行）の要素が多くなってくる。第四段階の「煉神還虚」は全て空という認識に達し、心は完全に透明な状態となり、世界の根源に回帰し明心見性（自らの心の本性が明らかになること）が実現する。ここでは純粋な性功を行う。禅宗の理論によって「還虚」の奥義を解釈したように、儒仏道三教は三つに分かれてはいるが、真理は一つに帰着すると考え合体させた（一四五―一四八頁）。

（7）孟春行夏令、則雨水不時、草木蚤落、國時有恐、行秋令、則其民大疫。

（8）孟秋行冬令、則陰気大勝、介蟲敗穀、戎兵乃來、行春令、則其國乃旱、陽気復還、五穀無實、行夏令、則國多火災、寒熱不節、民多瘧疾。

（9）中国中医研究院主編『中国疫病史鑑』（中医薬防治 SARS 研究一）一〇一―一一五頁、中医古籍出版社、二〇〇三年（北京）。

（10）林富士『疾病終結者』二四頁、三民書局、二〇〇三年。

（11）安田喜憲『気候と文明の盛衰』二七四―二七六頁、朝倉書店、一九九〇年。

(12) 中国中医研究院主編『中国疫病史鑑』三二八頁。
(13) 林富士『疾病終結者』二七頁。
(14) 王邨編著『中原地区歴史旱癧気候研究和預測』一四―二八頁、気候出版社、一九九二年（北京）。
(15) 林富士『疾病終結者』五頁。
(16) 林富士、前掲書、一四―一五頁、一七頁。
(17) 馮漢鏞『唐宋文献散見医方証治集』一二―三二頁、人民衛生出版社、一九九四年（北京）。
(18) 林語堂著・宋碧雲譯『蘇東坡傳』二七四頁、遠流出版社、一九七七年（臺北）。
(19) 林富士、前掲書、二〇―二一頁。
(20) 龐安時『傷寒総病論』一〇五―一〇六頁、人民衛生出版社、一九八九年。
(21) 莫枚士『研経言』七―八頁「原瘴」、人民衛生出版社、一九九〇年。
「第其稱嶺南之瘴、猶如嶺北傷寒」
(22) 林富士、前掲書、一三五―一三八頁。
(23) 林富士、前掲書、六―九頁。
(24) 『宋史』巻三百三十八列傳第九十七蘇軾。
既至杭、大旱、饑疫並作、軾請於朝、免本路上供米三之一、復得賜度僧牒、易米以救飢者、明年春、又減價糶常平米、多作饘粥藥劑、遣使挾醫分坊治病、活者甚眾、軾曰：「杭、水陸之會、疫死比他處常多、」乃裒羨緡得二千、復發橐中黄金五十兩、以作病坊、稍畜錢糧待之。
(25) 王雲五主編『蘇東坡集』第三冊所収『後集』九「書」六―九頁。
(26) 王雲五主編『蘇東坡集』第二冊所収第三四巻六「祝文」五四―五六頁、『後集』九「祝文」二六―二八頁、『續集』十四「祝文」二八―三二頁。
(27) 王雲五主編『蘇東坡集』、第五冊所収『奏議集』十五巻、七一九―三四頁。
「乞開杭州西湖狀」と「申三省起請開湖六條狀」
(28) 石田秀実「元明期における中国伝統環境医学と身体錬金術の関係」『九州国際大学教養研究』六（二）、一―二二頁、一九九九年。

(29) 三浦國雄「『東坡養生集』解説」『中国養生叢書』第五輯『東坡養生集』上、一—一五頁、谷口書店、一九九七年。

(30) 『臨江仙（疾愈登望湖樓贈項長官）』多病休文都瘦損、不堪金帶垂腰。望湖樓上暗香飄。和風春弄袖、明月夜聞簫。
酒醒夢回清漏永、隱床無限更潮。佳人不見董嬌饒。徘徊花上月、空度可憐宵。

(31) 『九日尋臻梨遂泛小舟至勤師院二首』
白發長嫌歳月侵、病眸兼怕酒杯深。南屏老宿閑相過、東閣郎君懶重尋。試碾露芽烹白雪、休拈霜蕊嚼黄金。扁舟又截平湖去、欲訪孤山支道林。
湖上青山翠作堆、葱葱鬱鬱気佳哉。笙歌叢裡抽身出、雲水光中洗眼來。白足赤髭迎我笑、拒霜黄菊爲誰開。明年桑苧煎茶處、憶著衰翁首重回。（皎然有『九日與陸羽煎茶』詩、羽自號桑苧翁。餘來年九日去此久矣。）

(32) 『寒食日答李公擇三絶次韻』
來蘇李得名雙、只恐全齊笑陋邦。詩似懸河供不辨、故欺張籍隴頭瀧。
簿書鼓不知春、佳句相呼頼故人。寒食徳公方上塚、歸來誰主復誰賓。
巡城已困塵埃睫、執朴仍遭蟣蝨緑。欲脱布衫攜素手、試開病眼點黄連。

(33) 『安國寺尋春』
臥聞百舌呼春風、起尋花柳村村同。城南古寺修竹合、小房曲檻欹深紅。看花嘆老憶年少、對酒思家愁老翁。病眼不羞雲母亂、鬢絲強理茶煙中。遙知二月王城外、玉仙洪福花如海。薄羅勻霧蓋新妝、快馬爭風鳴雜。玉川先生真可憐、一生耽酒終無錢。病過春風九十日、獨抱添丁看花發。

(34) 『次韻秦太虚見戯耳聾』
君不見詩人借車無可載、留得一錢何足頼。晩年更似杜陵翁、右臂雖存耳先聵。人將蟻動作牛鬥、我覺風雷真一噫。聞塵掃盡根性空、不須更枕清流派。大朴初散失渾沌、六鑿相攘更勝敗。眼花亂墜酒生風、口業不停詩有債。君知五蘊皆是賊、人生一病今先差。但恐此心終未了、不見不聞還是礙。今君疑我特佯聾、故作嘲詩窮險怪。須防額痒出三耳、莫放筆端風雨快。

(35) 『行香子』
昨夜霜風。先入梧桐。渾無處、回避衰容。問公何事、不語書空。但一回醉一回病、一回慵。

朝來庭下、光陰如箭、似無言、有意傷儂。都將萬事、付與千鐘。任酒花白、眼花亂、燭花紅。

(36) 薛瑞生箋證『東坡詞編年箋證』六五二―六五三頁、三秦出版社、一九九八年（西安）。

(37) 王雲五主編『蘇東坡集』、第四冊所収『續集』十二「書簡」五―一一頁。

(38) 蘇轍著『龍川略志』第二巻「醫術論三焦」七―八頁、『唐宋史料筆記叢刊』所収、中華書局、一九九七年（北京）。

　彭山有隱者通古醫術。與世諸醫所用法不同。人莫之知。單驤從之學。盡得其術。遂以醫名於世。治平中予與驤遇廣都。論古今術同異。驤既言其略。復歎曰。古人論五臟六腑。其説有謬者。而相承不察。今欲以告人。人誰信者。古説左腎其府膀胱。右腎命門。其府三焦。丈夫以藏精。女子以繫包。以理主之。三焦當如膀胱。有形質可見。而王叔和言「三焦有臟無形」。不亦大謬乎。蓋三焦有形如膀胱。故可以藏有所繫。若其無形。尚何以藏繫哉。且其所以謂之三焦者。何也。三焦分布人體中。有上中下之異。方人心湛寂。慾念不起。則精気散在三焦。榮華百骸。及其慾念一起心火熾然。翕撮三焦精気。入命門之府。輸寫而去。故號此府爲三焦耳。世承叔和之謬而不悟。可爲長太息也。予甚異其説。後爲齊州從事。有一擧子徐遁者。石守道之壻也。少嘗學醫於衛州。聞高敏之遺説。療病有精思。予爲道驤之言。遁喜曰。齊嘗大饑。群匄相臠割而食。有一人皮肉盡而骨脉全者。遁以學醫。故往觀其五臟。見右腎下有脂膜如手大者。正與膀胱相對。有二白脉自其中出。夾脊而上。貫腦。意此即導引家所謂夾脊雙關者。而不悟脂膜如手大者之為三焦也。單君之言。與所見懸合。可以正古人之謬矣。

おわりに

本研究を為すに当たり白居易や杜甫などの研究者の方々より種々の指摘を戴き深く感謝致しております。特に岡山大学下定雅弘名誉教授、佐賀大学古川末喜教授にはメールなどを介して具体的なご教授や激励の言葉を賜りました。

医学関連以外の著書を出版できるなど考えてもいませんでしたが、こうして古稀の記念として出すことが出来、知泉書館の小山社長にも深甚の謝意を表する次第です。

初出一覧

「白居易（楽天）疾病攷」（『日本醫史学雑誌』四九巻四号、六一五―六三六頁、二〇〇三年）

「白居易「風痺」攷」（『白居易研究年報』七、一六九―一八八頁、二〇〇六年）

「杜甫疾病攷」（『中唐文學會報』一六、一―二五頁、二〇〇九年）

「杜甫と白居易の病態比較――特に白居易の服石の検証」（『白居易研究年報』一一、二五八―二七六頁、二〇一〇年）

「李商隠疾病攷」（『中唐文学会報』一七、五四―六一頁、二〇一〇年）

「柳宗元疾病攷」（『中国文史論叢』七、二五―四〇頁、二〇一一年）

「温庭筠（飛卿）疾病攷」（『漢方の臨床』五八巻五号、九八一―九八七頁、二〇一一年）

「付録　蘇軾（東坡居士）を通して宋代の医学・養生を考える――古代の気候・疫病史を踏まえて『傷寒論』の校訂を考える」（『日本醫史学雑誌』五〇巻三号、三四九―三七〇頁、二〇〇四年）

小髙 修司（こたか・しゅうじ）

1971年，東京医科歯科大学医学部卒業。医学博士。東京医科歯科大学，国立がんセンター，東京都立豊島病院を通して，頭頸部領域のガン患者の外科治療に専念。その治療経験から，西洋医学のガン治療のあり方に疑問を持ち，診療・研究のかたわら全人的思考法に惹かれ中国医学を学ぶ。

1988年以来，東京都の東洋医学事業の一環として新設された，東京都立豊島病院の東洋医学専門外来の初代医長（内科医長　東洋医学担当）に就任。東京都の姉妹都市である北京市より派遣され来日滞在した８人の中医師より，各々２-３カ月ずつの個人指導を受け，外来診療を通して中国医学の診断法及び用薬法を学ぶ。

1993年４月に中国医学による専門医療を目的とするクリニックを開院し，現在に至る。現在，中醫クリニック・コタカ院長並びに附属東洋医学がん研究所所長。東京臨床中医学研究会会長（1997-2009）。上海中医薬大学客員教授，北京中医脳病研究院客員教授などを歴任。

〔著書〕『再発させないがん治療』東洋学術出版社，2015年。『老いを防ぐ「腎」ワールドの驚異』講談社＋α新書，2005年。『思いやり(仁)のガン治療』健康ジャーナル社，2000年。『中国医学で病気を治す』講談社ブルーバックス，2000年。『身体にやさしいガン治療――統合医学でここまで治る』講談社，1997年。『中国医学の健康術』講談社現代新書，1996年。『舌でわかる体の異常』ナガセブックス，1994年。『中国医学から見た病気でない病気』講談社ブルーバックス，1993年。『わかる!! 洋医学』フットワーク出版社，1993年。『三千年の知恵　中国医学のひみつ』講談社ブルーバックス，1991年。

〔唐代文人疾病攷〕　ISBN978-4-86285-236-6

2016年 7 月10日　第１刷印刷
2016年 7 月15日　第１刷発行

著　者　小　髙　修　司
発行者　小　山　光　夫
印刷者　藤　原　愛　子

発行所　〒113-0033 東京都文京区本郷1-13-2
電話03(3814)6161振替00120-6-117170
http://www.chisen.co.jp
株式会社　知泉書館

Printed in Japan　印刷・製本／藤原印刷